U0060940

魔幻偵探所

41

真假本傑明

關景峰 著

新雅文化事業有限公司
www.sunya.com.hk

魔幻偵探所
人物介紹

南森

身分：魔幻偵探所創辦人、領頭羊

年齡：120歲

畢業學校：斯塔福德學院（伏魔系）

學位：博士

捉妖經驗：108年，獲得「捉妖能手」、「怪獸剋星」等稱號

性格：遇事鎮定、善於思考，生氣時聽到幾句好話氣就消了

最具殺傷力的武器：
顯形粉、細妖繩、無影鋼鐵牆

海倫

身分：魔幻偵探所成員，南森的得力助手

年齡：13歲

畢業學校：劍橋大學（法術系）

學位：學士

捉妖經驗：1年

性格：開朗、逢事觀察細緻，吵架時總讓着本傑明

最具殺傷力的武器：細妖繩、凝固氣流彈

本傑明

身分：魔幻偵探所實習生

年齡：11 歲

就讀學校：牛津大學（捉妖系）

捉妖經驗： 3 個月

性格：聰明淘氣、遇事毛躁

最厲害的戰術：非常規戰術

派恩

身分：魔幻偵探所實習生

年齡：10歲

就讀學校：倫敦大學魔法學院
（反幽靈技術系）

捉妖經驗：1個月

性格：聰明活潑，非常好勝，有時
候喜歡誇誇其談

保羅

身分：魔幻偵探所機械狗

年齡：100 歲

工作能力：無所不知的電腦資料
庫，善於用百分比分析事物

性格：異想天開、調皮、懶惰

最喜歡的食物：潤滑油

最具殺傷力的武器：追妖導彈

細妖繩

能夠對準魔怪迅速旋轉收縮，將它細緊綁實，繩子一旦落到魔怪身上，就像嵌入肉裏，魔怪越掙脫綁得越緊，當然放繩子時可要放得準才行。

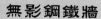

無影鋼鐵牆

這堵牆其實就是氣流，它把氣流變成了無影無形的鋼鐵牆壁，能將敵人困在其中，衝不出去。

顯形粉

這是一種非常神奇的粉末，即使魔怪偽裝、隱形了也完全能顯現出它的原形。對了，「顯形」就是「現出原形」的意思！

裝魔瓶

能把魔怪收進裏面，使其在三天內化成清水的神奇瓶子。即使魔怪身形再龐大，也能收進瓶內。

幽靈雷達

能夠準確測定氣流存在的方位，並及時發出警報的裝置。它能跟蹤、測定魔怪在哪裏。不過，如果魔怪的魔力非常強，幽靈雷達有時候也可能測不到，它的更強大的功能還有待你去改進！

追妖導彈

能夠自動尋找魔怪，進行智能追蹤的導彈，這種導彈威力比較大，一般魔怪根本抵抗不了。

魔幻偵探開始行動！

目錄

第一章　飛起來的教授

「是這樣的，我想你們都知道測謊儀，這個神奇的東西，派恩的爸爸也有一台……」偵探所裏，本傑明一本正經地說，海倫、派恩和保羅都圍在他身邊，認真地聽着，「是他爸爸花很多錢才買來的……」

「你等等……」派恩擺擺手，有些疑惑，「我怎麼不記得我爸爸有一台測謊儀？」

「你的記憶力一直不好，這你應該知道。」本傑明嚴肅地看着派恩，「大家先聽我說完，這件事也是派恩的同學告訴我的……派恩的考試成績一直都不好，噢，派恩，這點你總記得吧？」

「這個……」派恩點了點頭，「這倒是真的。」

「所以，因為派恩成績不好，還經常撒謊，說自己成績很好，他爸爸就買了一台測謊儀。」本傑明說着悄悄看看派恩，派恩瞪着眼睛聽着，「有一次，派恩回到家，他爸爸問他數學考試成績，派恩說考了100分，測謊儀當即發出警報聲，紅色的柱狀格最高10格，這句話說完柱狀格滿格，顯示派恩在說謊……」

「啊？有這樣的事嗎⋯⋯」派恩叫了起來。

「你記憶力不好，聽我說完。」本傑明嚴肅地擺擺手，「派恩的爸爸很生氣，問他到底考了多少分，派恩改口說70分，測謊儀當即發出警報聲，紅色的柱狀格有9格，顯示派恩在說謊，他爸爸更生氣了，派恩只好低下頭說，考了7分，測謊儀又發出警報聲，紅色柱狀格為3格，顯示派恩還在說謊⋯⋯」

「噢，7分居然還是在說謊。」保羅感歎起來。

「這時候，派恩的爸爸氣得站了起來，他說，『派恩，你考得這麼差還說謊，爸爸我小時候數學考試每次都是100分』。」本傑明隨即比劃着說，「『轟──』的一聲，測謊儀的柱狀格先是劇烈滿格，隨後測謊儀爆炸了⋯⋯」

「哈哈哈哈哈──」海倫和保羅當即大笑起來，本傑明忍不住，也大笑起來。

「本傑明──」派恩跳起來去打本傑明，「你變着花樣說我──」

本傑明轉身就跑，一邊跑一邊嬉笑着，派恩氣呼呼地在後面追。本傑明逃向房間裏，剛跑幾步，迎面走來一個人，本傑明差點撞到他。

「嗨──」差點被撞到的正是南森博士，他剛從實

驗室裏走出來，一身做實驗的白衣，手套都沒有摘下來，「本傑明——亂跑什麼——」

本傑明已經跑進自己的房間，還把門鎖上了。派恩在外面拍着門。

「本傑明——你出來——」

「派恩——你進來——」本傑明在裏面喊道。

「你別出來，吃飯你也別出來——」派恩氣呼呼地說，隨後走了過來，看到南森，很是委屈地訴苦，「博士，本傑明一天到晚變換着方式說我，氣死我了……」

「嗯，我知道，我以前說過他，可是他……」南森搖着頭說，對此他似乎毫無辦法，以前是本傑明和海倫的爭吵，現在是本傑明和派恩無休止的爭執，兩者他都毫無辦法，「噢，我想起來了，派恩，好多次你也捉弄過本傑明。」

「有嗎？」派恩聳聳肩，「我想想，我一般都是批評他，因為他做了錯事，你知道，對本傑明這種孩子，是要經常批評，否則他會為所欲為……」

「派恩——你亂說話——」本傑明在裏面的房間聽到了派恩的話，「測謊儀爆炸了——數學考試100分——哈哈哈——」

本傑明又在裏面氣派恩了，派恩當即被氣到，揮着手

臂，衝到本傑明的房門前。

「你別出來，在裏面餓着吧，你要是出來，我就給你好看——」

「噢——」南森皺着眉，走到了外面的客廳，「海倫，過來幫個忙，老伙計，你去勸勸他們兩個，我是一點辦法都沒有了，讓他們安靜些。」

「事實上我覺得他倆這樣吵鬧才讓我們這裏顯得更加熱鬧，不那麼沉悶，當然，有時候他們確實聲音大了一些。」保羅說着搖着尾巴向本傑明的門口走去，那裏，派恩仍然在門口叫喊着，「我說你們兩個，聲音稍微小一點，但是不要停下來，派恩，你最好想一個故事把本傑明也給繞進去……」

海倫進去幫南森做實驗，派恩和本傑明隔着一道門吵鬧着，保羅在一邊觀看。這幅景象，也構成了魔幻偵探所一副日常景象。

諾里奇市魔法師聯合會的迪克先生，忽然進入了這個環境之中，此時，他站在魔幻偵探所的門口，按下了門鈴，他表情嚴肅，略有些局促，從他的臉上，可以看出明顯的疲憊，確切地說，他強打着精神。

客廳裏空無一人，派恩和本傑明的吵鬧聲蓋住了門鈴聲，保羅都沒有聽到。倒是在實驗室裏的海倫聽到了門鈴

聲，她從實驗室裏跑了出來。

「保羅，也不去開門——」海倫邊跑邊抱怨。

打開門，迪克先生站在了海倫面前，他點了點頭，微微笑笑。

「你是海倫吧？你好，我是諾里奇魔法師聯合會的迪克，我來找南森博士。」

「請進，我就是海倫。」海倫連忙把迪克請進來，這時，保羅搖着尾巴也跑了過來，仰着脖子好奇地打量着來訪者，「博士在的。」

「嗨，你好，保羅，我是迪克，見到你很高興。」迪克對保羅點點頭，他似乎對魔幻偵探所裏的每一個人都比較熟悉。

海倫請迪克坐下，迪克就坐在茶几旁邊，他甚至對「會説話」的茶几也很熟悉，沒有等茶几詢問他喝什麼，他主動説自己只喝水，茶几裏迅速伸出一個支架，上面端着一杯水，茶几還誇獎迪克的需求簡單，如果是咖啡，茶几裏的機器還要沏泡一番。

聽到外面來了客人，派恩走了出來，迪克熱情地打招呼，他也知道派恩是剛來不算太久的實習助手。

南森博士穿着實驗室的衣服，走了出來，迪克連忙站起來握手。

「南森博士，其實我在四年前利物浦的那次研討會上見過你，只不過當時你在講台上，我坐在台下，那次研討會我可是收穫不少，你的發言給我留下深刻印象。」迪克有些激動地説。

「噢，謝謝，那次研討會我也記得，那是我們魔法師間的經驗交流。」南森請迪克坐下，他從迪克的神情中，能看出迪克其實有些焦急，「那麼迪克先生，到我們這裏來，一定有什麼原因吧？」

「這個……當然。」迪克的臉陰沉下來，「我們那裏，諾里奇大學的一個教授遇害了，魔怪案件，我們實在解決不了。」

「一宗兇殺案嗎？啊，你這個魔法師來到我們這裏，這一定是一宗魔怪案件了。」南森感到事態的嚴重，他説道。

這時，本傑明也從裏面的房間走了出來，客廳這裏的氣氛緊張，本傑明融入了進來，派恩也沒興趣和他吵鬧了，現在的焦點都在迪克這裏，迪克看到本傑明出來，輕輕點點頭。

本傑明找了一把椅子坐下，仔細地盯着迪克，迪克略微調整了一下自己有些激動的心情。

「遇害的教授名叫科夏普，是諾里奇大學的生物學教

授，一位非常受人尊敬的教授。」迪克繼續說道，「他在自己的辦公室遇害，時間是晚上十點多，他被一個利器刺中了心臟，這是法醫的檢測結果。有一點非常奇怪，那就是他死之前，飛到了半空中，似乎有什麼支撐着他，但是看不清，教授在空中停留了有幾秒鐘，手舞足蹈的，隨後落地死亡，兩個物理系的學生從教學樓經過，親眼看到了這一幕。」

「兇手呢？看見兇手了嗎？」南森連忙問。

「沒有，這才是離奇的地方。」迪克搖了搖頭，緩緩地說，「根據目擊者所說，不僅沒有看到兇手，科夏普教授飛到半空中後，完全是懸空的，那個支撐物，像是一根細細的棍子，遠看還沒有手指粗，很短，以至於兩個人都沒有看清那是什麼，關鍵是這樣一根細細的棍子是支撐不起一個成年人的體重，而且短棍並沒有人拿着，只是在半空中支撐着教授一樣，這一切都太離奇了。」

「我想有了這樣的證言，警方會把這件事直接定義為魔怪作案了。」南森思考着說，「你們就接手了這個案件的查證。」

「是的，可是我們不是魔法偵探，只是魔法師，我們只能去查證是否魔怪所為，很遺憾，我們並沒有找到魔怪作案的痕跡。」迪克說着低下頭，似乎有一種愧疚，「我

15

們那裏可不比倫敦這樣的大城市，諾里奇魔法師聯合會一共就只有我們四個人，而且都不是魔法偵探，我們只能根據目擊者的描述推斷，這是一宗魔怪案件，所以……另外三個魔法師在大學裏看守，我連忙趕來找你……」

「明白，我明白。」南森點點頭，説着站了起來，「一根細棍，無論如何是不能把一個成人支撐起來的，而且目擊者也沒有看到有誰操縱着那根細棍，對吧？」

「是的，是這樣的。」

「細棍頂在教授的什麼部位呢？」

「大概是腹部。」

「腹部上有傷嗎？」

「沒有，法醫沒有發現教授腹部有傷。」

「那麼那個傷口呢？我是説教授的致命傷，被拋起來之前就有了嗎？還是落地後才有？」

「傷口在胸部，心臟位置……」迪克頓了頓，「傷口應該是落地後才出現的，傷口處有大量鮮血流出來，把教授胸口位置的衣服染紅了，但是被拋起來時，兩個目擊者都沒有看見教授胸口處有紅色。」

「這是一件……很奇特的案子……我明白……」南森點了點頭，走到窗邊，向外面看了看，他停頓了幾秒，大家都看着他，「海倫，你們收拾一下行李，我們去諾里

奇⋯⋯迪克先生，你是怎麼來的？」

「乘火車來的。」迪克滿臉的高興，像是一件心事落地，「謝謝博士，你要是出面，不管這個案子有多複雜都能解決。」

「我會盡力，聽上去這個案件確實複雜。」南森此時的心情完全被這個案件牽引，他看看迪克，「我們開車去，坐我的車⋯⋯」

第二章　魔法愛好者

幾個小助手開始收拾行李，海倫的重要任務就是帶上保羅四枚追妖導彈的備用彈。這個案件，魔法師迪克等確實沒有找到任何魔怪作案的痕跡，但是從目擊者的描述看，這樣奇特的情況，的確只能用魔怪作案來解釋，所以諾里奇警方將這個案件轉給當地的魔法師聯合會進行勘驗處理。

大家上了南森的車，偵探所就在倫敦，而諾里奇市在倫敦北面，兩地相距約190公里，汽車很快就開出倫敦城，上了高速公路，不到兩個小時，他們就到達了諾里奇市，南森直接把車開進了諾里奇大學，他要馬上展開工作，顧不得安頓休息。

案發地點在諾里奇大學的一號教學樓，教學樓的地面層是大學很多學系的教授辦公室以及科學實驗室，一樓和二樓是學生教室。

「……那兩個目擊者，都在學校吧？」南森邊向案發地走，邊問，「按照流程，先勘驗現場，然後再詢問目擊者。」

「都在學校呢，物理系的兩個學生。」迪克説，他在前面領着路，大家進入了教學樓，「博士，這邊走……」

「等一下——」一個聲音從大門旁的一個房間傳來，有人推開對着走廊的窗戶，探出頭來，這個人看到是迪克，連忙點點頭，「啊，是迪克先生呀，你們請……」

「艾德先生。」迪克站住，對着那人點點頭，隨後介紹，「這是從倫敦來的南森博士，來調查這個案件。」

「好的。」叫艾德的人連忙説，隨即做出一個「請進」的手勢。

「艾德先生是教學樓的看門人。」迪克向南森他們介紹説，隨後帶着大家繼續向裏走，「現在整層教學樓都被封閉起來了，上課的學生走另外一面的門，艾德現在負責看守現場。」

「教學樓還要有個看門人嗎？」海倫問道。

「是的，有些學系的實驗室，比如説化學系實驗室，有非常貴重的金屬標本，所以這個教學樓安排了看門人。」迪克説。

「看門人也要問問，也許知道些什麼。」南森平靜地説。

「我們倒是問過，不過案發時他在房間裏，沒聽到什麼動靜。」迪克説，「你們一會再問問吧。」

生物系教授科夏普的辦公室在地面層教學樓靠近盡頭的地方，一整層都靜悄悄、空蕩蕩的，走廊裏只能聽到南森他們的腳步聲。

辦公室的門是打開的，但是拉着一條警戒線，南森他們站在門口，向裏面看了看，看上去這就是一間普通的辦公室，不過在門口的位置，有警方人員放置的號碼牌，還有受害者倒地的輪廓線。

南森掀開警戒線，獨個走了進去，小助手們也都跟了進去。一進入大樓，保羅就開啟了魔怪預警系統，儘管他知道這應該沒有用，身為魔法師的迪克他們已經用幽靈探測器搜索過案發現場了。

海倫他們開始在辦公室裏查找線索，南森戴上了白手套，他站在受害者科夏普的倒地輪廓線前，先看着地面，隨後看看天花板。科夏普是仰面倒地的，辦公室地面到天花板的距離不到三米，根據法醫的報告，科夏普墜落後並沒有嚴重的撞擊損傷，致命傷是他的胸口被器物扎入造成的。南森看看四周，忽然，南森看到書桌上有一個細棍狀的東西，連忙走過去，拿了起來。

「一根教鞭，教授們授課時經常用到的。」迪克走到南森身邊説。

「唰──」的一聲，南森把教鞭一抽，原本30多厘米

20

的教鞭變得有一米長，這是一根可以收縮的教鞭。

「那根細短棍，不會是這個吧？」南森説着又把教鞭收縮起來。

「這個我們也看過，沒有魔怪反應，就是一根普通的教鞭，每個授課的教授都有這樣一條。」迪克説，「只能説支撐教授在半空的短棍像這根教鞭，關鍵是……我們是案發時間後三小時內趕到的，如果魔怪隱身抓着這根教鞭把教授挑起來，那麼我們能從教鞭上檢驗出魔怪反應的，三個小時內，魔怪抓過這個，魔怪反應不會消失的。」

「明白。」南森點點頭，「迪克先生，有關法醫檢驗報告和案發現場照片等資料，我們什麼時候能收到？」

「來的路上我通知同事了，現在應該已經在你的電子郵箱裏了。」

「很好，謝謝。」

這時，海倫走了過來，告訴南森現場沒有發現任何魔怪反應，保羅已經全方位掃描了辦公室，她自己也用幽靈雷達照射了整間屋子。

南森點點頭，這也是他料想之中的。迪克他們在案發後很短時間就趕到了，如果發現魔怪反應，能及時展開跟蹤，也許早就跟蹤到魔怪了。

「……《初級魔法教程》，嗨，還有這本書呢。」派

恩的聲音傳來，他在靠牆的書架那裏搜索着，他從一排排的生物學專業書籍中，抽出了這本書，有些興奮。

南森連忙走過去，接過那本書，翻看起來。

「噢，還有這本書，我們檢查不仔細，沒有看到這本書。」迪克略有些尷尬地說，「不過科夏普的同事說過，他算是一個魔法愛好者，有時候會鑽研一些魔法，他也說過，等到退休之後，就去專門學習魔法。」

「這倒是很有意思……」南森翻着那本書，看得出來，科夏普學習魔法還比較認真，上面寫着很多的讀書筆記，有些重點段落被圈畫着。

「這個……和這個案件有關係嗎？」迪克輕聲地問，「我知道很多人對魔法感興趣，會買一些魔法入門的書籍來看，不過最終都放棄了，這可不是買幾本書看就能掌握的。」

「不能放過任何的線索。」南森一字一句地說，說完看了看迪克。

大家把科夏普的辦公室全面勘驗了一遍，沒有發現任何的魔怪反應，但是那根教鞭，還有科夏普的魔法書，都被南森裝進了物證袋裏。

「迪克先生，就在這裏，能否借用一間辦公室，我找目擊者問話。」南森讓海倫被物證袋收好，隨後說道，

「還有，未來幾天這裏要繼續封閉。」

　　「好的，沒問題。」迪克說，「就在大門口的那個房間吧，反正你也有話要問那個看門人。」

　　「嗯。」南森點點頭。

第三章　綠光

他們從科夏普的辦公室出來，海倫關上了門，他們向門外走去，來到大門口那個房間，迪克敲了敲門。門開了，艾德看見是迪克他們，略有驚異。艾德大概五十歲左右，個子不高。

「有什麼事嗎？」艾德問。

「倫敦來的南森先生有些話要問你，他是魔法偵探，你可能聽到過他的名字，他現在負責科夏普先生的案子。」迪克介紹着情況，他語速飛快地說。

「請進，快請進，就在這裏問嗎？」艾德連忙把大家請進來，「房間有點小，有點擠呀。」

「沒關係。」南森說。

房間一下進來好幾個人，確實一下變得很擠，南森和迪克找了把椅子坐下，幾個小助手都站着，保羅上下打量着房間，房間小，但是很整潔，房間裏還有一台懸掛的電視機。

「我的幾個小助手。」南森指了指海倫他們，對艾德介紹。

「噢，都很年輕呀。」艾德笑笑，他有些尷尬，「對不起，我不大知道你，南森先生對吧？我平時也看報紙，但是只看體育版，電視也一樣，我可是個超級球迷。」

「沒有關係，我也非常關注體育新聞。」南森也笑笑，「那麼，艾德先生，我們開始吧，現在我負責這個案件，案件本身你一定了解，我不介紹了，現在我想知道科夏普先生案發當晚的情況，他是下班未回還是回家後再來，案發時間在10點呀。」

「下班未回。」艾德説，「大概六點半去學校餐廳吃了晚飯，科夏普先生一直很忙碌，當然，我不知道他在忙碌什麼，應該和教學或者學術有關吧，我們學校的這些教授都很忙。」

「明白。」南森點點頭，「那麼案發當晚教學樓裏的師生多嗎？」

「九點多基本都走了。」艾德説，「科夏普先生一般都是最晚回家的。」

「那個晚上有什麼異常的情況嗎？」

「非常平靜，就和以往一樣，我沒感覺到什麼異常。」艾德説，他略微想了想，「不過……科夏普先生的辦公室外，當晚似乎有一片綠光，我當時也沒太注意，不知道這算不算是異常現象？這是我後來想起來的，迪克先

26

生問我的時候沒説。」

　　「綠光？具體什麼時候出現的？位置？」南森立即警覺起來，小助手們也有些興奮，似乎有了重大的發現。

　　「就在科夏普先生的窗外呀。」艾德很認真地説，「你知道，我不可能每天都在這個小房間裏，我也會在外面活動活動，當然，我也不可能離開很遠。我要晝夜在這

裏值班，飯菜都是學校餐廳送來。我一般就在門口活動，那天晚上九點，教學樓裏加班工作的教授，還有一些做實驗的學生大都走了，我就在大門口這裏活動一下手腳。我站在大門口，看見科夏普先生的窗外好像有綠色的光，啊，也許有幾隻螢火蟲在那裏飛，我確實沒有太在意。半小時後我就回到房間裏，又過了半個多小時，我沒聽到什麼，但有兩個學生先是衝進來，隨後又在裏面喊叫起來，我才知道科夏普先生出事了。」

「先説綠光，那是一團光嗎？還是一道光？」南森進一步問道。

「一團光吧，我想是……」艾德想了想説，「我想是幾隻螢火蟲，沒有在意。這種景象在我們這裏的夏天也算是常見吧。」

「好的。」南森把這些都記在了一個小本子上，他抬頭看看艾德，「那天晚上有沒有什麼進出的人很可疑？」

「沒有，都是老師和學生，我都見過，根本就沒有外人進這個教學樓。」

「那你聽説過科夏普教授有沒有仇家？」

「他是很好的人，非常紳士，對誰都很尊敬。」艾德説着歎口氣，「大家也都很尊敬他。」

「好的，謝謝你，艾德先生，如果有必要，今後我還

會問一些問題。」南森誠懇地點點頭,「我想借用一下你的辦公室,詢問一下兩個目擊者。」

「完全沒有問題。」艾德説着站了起來,「他們會到這裏來嗎……」

「我來打電話。」迪克説着拿起桌子上的電話。

艾德又去了大門口,沒一會,赫伯特和伊恩——諾里奇大學物理系的兩個學生走了進來,他倆看到南森都很興奮,因為他倆早就久仰南森的大名,見到南森本人當然非常高興。

南森請兩人坐下,兩人還都抑制不住激動的心情,伊恩坐下後一直看着站在海倫身邊的保羅,還伸手打招呼,他們都知道保羅會説話,不過保羅有些冷冷地看着他倆,還往海倫身後躲了躲。

「……好了,兩位先生,我知道迪克先生已經問過你們了,現在我也有些問題想問你們。」南森把本子拿在手上,平靜地望着兩個忽然有些局促的年輕人,「我很想再聽聽受害者是怎樣懸浮在空中的,還有一根細棍怎樣支撐着他?」

「是這樣的……」赫伯特和伊恩一起説道,他倆隨即互相看看,「你説……」

兩人同時開口説話,赫伯特聳聳肩,伊恩抱歉地

一笑。

「還是我來說吧。」赫伯特看看南森，「那天晚上十點多，我們從宿舍去實驗室整理資料報告，經過科夏普教授辦公室的時候，看到他渾身發顫，身體飄浮着，頭都要頂到天花板了，全個身體好像被一根短棍支撐着，噢，短棍頂在教授的腹部，而且短棍也是懸浮的，我們都嚇壞了，於是連忙向辦公樓裏跑，我們想去解救教授，但是衝到房間，看到教授已經躺在地上，胸口有一大片血跡，我們連忙叫救護車，但是一切都太晚了。」

「你們衝進辦公室的時候，除了倒地的教授，還有什麼異常嗎？」南森問。

「沒有，我們沒有看到什麼，我們都想過，如果有誰殺害教授，我們兩個衝進去對付他，沒什麼問題，可是根本就沒有兇手。」赫伯特回答道，「後來魔法師們來調查，我們覺得也是，不可能是普通人作案，教授懸浮，僅僅有一根短棍支撐，或者說教授和短棍一起懸浮，這、這違背牛頓的萬有引力定律呀。」

「噢，這個解釋非常科學，很專業。」南森點點頭。

「嗯，我們就是物理系的，當時的景象用物理常識無法解釋。」赫伯特說，「如果是魔怪作案，那麼一切就能解釋得通了，而且我們衝到辦公室後，沒看見兇手，如果

是個魔怪，它不想我們看見，我們就看不見。」

「有道理……我有個問題，可能和本案聯繫不是很大。」南森說着抱歉地淡淡一笑，「十點了，很晚了，你們怎麼想起來到實驗室整理資料呢？」

「因為……」赫伯特和伊恩對視一笑，隨後轉向南森，「我們一直都很忙，尤其是今年我們要畢業，這些資料整理不出來，影響我們的畢業論文，我們準備幹通宵的。」

「非常刻苦，確實是要畢業的樣子。」南森點點頭，「不過可以早點來，或者下課後多待一會，晚上也可以稍微休息，熬夜可不太好呀。」

「我們其實就出去了不到兩個小時，因為晚上八點，超級聯賽開打，所有的球隊同時開賽，曼聯對切爾西，我倆都是曼聯的球迷，這是必看的比賽。」伊恩終於接過話，「我們可是學習和生活兩不耽誤。」

「噢，不錯，確實要勞逸結合。」南森的表情似乎是想到了自己的學生時代。

「我們剛才了解到一個新的情況，教授的窗外當晚有綠色的光團，你們看到過嗎？」迪克忽然插話問道。

「這個……」伊恩和赫伯特互相看看，都是一副吃驚的樣子，伊恩搖着頭，「我沒有看到。」

「我也沒看到。」赫伯特跟着說。

「你們知道科夏普教授有沒有仇家呢？」南森在本子上寫了幾句什麼，隨後問道。

「我們是物理系的，和科夏普教授不是很熟。」赫伯特說，「但是別人都說他是一個和藹的人。」

「好的。」南森收起了本子，「非常感謝你們，如果想起來什麼，可以隨時找我，這些天我們會在這裏調查這個案子。」

「有你幫忙，沒有解決不了的問題。」赫伯特激動地說，隨後又有些感慨，「沒想到我們這裏也會有魔怪案件，電視裏說的那些事居然發生在我們這了……」

「不用擔心，這裏交給我們。」派恩滿不在乎地說。

「哇，你就是派恩，有關魔幻偵探所的報道裏也提到了你這個喜愛誇誇其談的實習生。」赫伯特轉向派恩，語速飛快地說。

「哈哈……」本傑明立即笑了。

「我對這篇報道很不滿意。」派恩一臉生氣的樣子。

第四章 一本《初級魔法教程》

回到迪克安排的旅館套房時，已經是下午了。這間旅館就在大學的旁邊，南森他們辦理這個案件會很方便。目前，諾里奇魔法師聯合會的幾個魔法師就在大學的校園裏駐守，尤其是晚上的時候，他們會按時巡邏，找到作案的魔怪前，大學一直是重點保護區域。

海倫和本傑明的情緒都不是很高，因為現場一點證據都沒有，他們僅能從目擊者的描述中得到這可能是魔怪作案的結論。至於下一步如何展開，兩人都沒有一點方向。只有派恩顯得算是輕鬆，若無其事的樣子，他總是這樣，海倫說他是樂天派，本傑明說他是沒頭腦，什麼事都不往心裏去。

「也不是一無所獲呀。」大家安頓下來後，南森拿着物證袋晃了晃，給大家看，「我們不是帶回來一些東西嗎？」

「可是從目擊報告看，這是魔怪案件，但是我們一點魔怪痕跡都沒有檢測到。」本傑明有些沮喪地說。

「是呀。」海倫表示附和。

33

　　「這個方向不行，我們可以換個方向。」南森把物證袋打開，戴上手套，翻了翻那本《初級魔法教程》，「受害者不愧是教授呀，學習起來真是認真，你們看看這些批注……」

「他有很多專業書籍，大概是他的教材，上面也有很多批注。」海倫説，「我剛才翻看過。」

「你們可以看看警方和迪克他們有關此案的報告，更加全面地了解一下案情。這些報告都在我們的電子郵箱裏了。」南森説着又拿起另一個物證袋，裏面有那根教鞭，他似乎很感興趣，「我要全都看看……」

南森説着，開始了工作。海倫和本傑明打開各自的電腦，查看警方以及魔法師們的報告。只有派恩在一邊，若無其事地和保羅小聲説着話，保羅看到南森開始工作，扔下派恩來到南森身邊，南森在工作時隨時會讓他查找一些資料。派恩覺得很是無聊，也去看報告，不過他覺得迪克説的和報告裏的內容應該是一致的，他寧可去校園裏到處走動，也許能找到那個魔怪。

房間裏平靜下來，大家各忙各的。果然，派恩發現迪克已經把警方以及魔法師報告的內容都説了，因此更加漫不經心了，不過看到南森那副認真的樣子，以及海倫和本傑明同樣認真的樣子，他也不敢弄出太大動靜。

海倫似乎發現了什麼，她反覆地看法醫的報告，還跑去把裝着教鞭的物證袋拿來。隨後，海倫和本傑明竊竊私語起來——南森專心工作的時候不願意被打擾。海倫把物證袋還給了南森，她應該是找到了要找的答案。

　　南森這邊，他很快就看完了警方的報告，他也把教鞭拿在手上看了半天，還用尺子進行了測量。接下來，他開始翻看科夏普教授的那本魔法書，一頁一頁的，他看得非常仔細。

　　派恩也把報告看了一遍，不過沒有看出什麼，本傑明和海倫開始討論起案情，派恩聽了聽，大概就是「這是什麼樣的魔怪」、「窗外綠色光團是什麼」等，只是推斷，沒有實際證據支持。

　　「我説，就在這裏坐着，不如去外面走走。」派恩打斷了海倫和本傑明的討論，「你們好像也確定魔怪就在這座城市裏，這個城市這麼小，不如出去走走，去那些墓地呀，老宅走一走，運氣好的話，也許博士沒有研究完，我們已經把魔怪抓回來了……」

　　「你小點聲。」海倫皺着眉，抱怨起來，「博士在研究案情呢，我們也在研究……」

　　「去不去？」派恩總算是壓低了聲音，「你們不去我去了。」

　　「再見，不送。」本傑明連忙擺擺手。

　　派恩瞪了本傑明一眼，走了出去。不過他倒是注意輕手輕腳，不影響南森。

　　「看着吧，這傢伙出去就是吃着冰淇淋滿街亂轉。」

本傑明把頭湊向海倫，小聲地説，「要是沒人攔着，最後能從動物園抓隻黑熊回來冒充魔怪。」

「有點誇張啦。」海倫苦笑着説。

南森仍然在看着那本魔法書，一邊看還一邊往自己的本子上記着什麼，保羅趴在南森身邊，無所事事。本傑明和海倫則開始繼續研討案情，不過一個小時又過去了，什麼結果都沒有。

套房客廳的辦公桌那裏，南森忽然站了起來，海倫和本傑明立即興奮地站起來。從南森的表情上看，雖然還是平靜，但是雙眼放光，根據兩人的直覺，感到南森一定是有了重大的發現。

「你們兩個研究得怎麼樣？」南森走過來問，保羅也跟了過來。

「沒結果，不過這不重要，博士，你有了發現？對吧？」本傑明抑制着自己的興奮。

「我們可以先還原現場。」南森微微點點頭，「然後我們來看看我的發現……」

「派恩，還沒回來，我馬上打給他。」海倫説着掏出了手機，「……你在哪裏？嗯，我知道你沒有抓到魔怪，你快回來……」

南森去整理好那些報告，海倫説派恩已經在回來的路

上了，果然，不到十分鐘，門鈴響了，海倫連忙開門。

派恩吃着冰淇淋，還夾着一隻黑色的玩具熊，進了房間。海倫頓時驚呆了，本傑明也是。

「嗨——」派恩說着把玩具熊就扔在沙發上，「為什麼這樣看着我？我知道我很帥……」

「這是你抓的魔怪？」海倫指着那個玩具熊問。

「怎麼會？」派恩也很驚奇，「你怎麼會這樣想？不遠處的公園有個小遊樂場，有個射箭得獎品的活動，我十箭射了九十六環呢，老闆說我應該馬上去國家隊報到，我哪有那個時間呀，我就挑了這個小熊獎品回來了。嗨，你們看，電動遙控的，還會唱歌呢。」

派恩把小熊放到地上，掏出一個小遙控器按下開關，小熊頓時開始往前爬。

「鈴兒響叮噹，鈴兒響叮噹……」小熊一邊爬，還有音樂聲響起。

「噢，我們的擒魔小英雄改行抓玩具熊了，跨度好大呀。」本傑明在一邊嘲諷地說。

「好了，派恩。」海倫讓派恩把開關關上，「案情分析，博士有發現了……」

「啊？」派恩連忙坐下，「其實我剛才出去也是觀察這個城市，我感覺那個魔怪就在這個城市裏……」

　　小助手們全都坐好，用期盼的目光看着南森，南森微微笑笑，坐在了桌子前，隨後看了看電腦。

　　「我們可以先疏理一下案情。」南森轉過身，看着大家，「其實整個過程不複雜，就是兩個趕着去整理資料報告的學生，經過受害者科夏普教授辦公室旁的時候，從窗戶外看到他懸在空中，一根短棍頂在身上，這是一種不能用常識來解釋的景象……接下來，他們跑進教學樓，到了教授的辦公室後，教授已經倒地死去，胸口有一大片血跡。」

　　小助手們都聽着南森的描述，南森説着把一個物證袋拿在手上，給大家看了看。這是那個裝着教鞭的物證袋。

　　「從法醫報告中對傷口的描述看，教授的心臟被利器刺中，從傷口的大小看，我想你們也能發現什麼。」南森説着看了看海倫。

　　「博士，我剛才和本傑明討論過這個，教鞭的頭部和傷口大小差不多，也就是説目擊者看到的短棍有可能就是教鞭，而刺入受害者心臟的就是教鞭。」海倫連忙説。

　　「對。」南森點點頭，「是把死者頂起來後刺進去的，還是死者掉在地上刺進去的，我們還不得而知，而且目擊者説了，短棍頂的位置是死者的腹部，而傷口不在死者腹部。這些都是次要的，關鍵是死者的身體居然是懸浮

的，看不見誰操縱短棍，或者説教鞭。再加上看門人艾德所説，死者窗外有綠色的光，那麼魔怪作案就基本可以斷定了，教鞭其實是兇器，但是並不是我手上這根，我這根沒有任何血跡，警方當時也看到過這根，並沒有當做物證收集起來。」

「也許魔怪用了另外一根，並且帶走了。」本傑明説，「一個教授有兩根教鞭也很正常。」

「魔怪用教鞭殺人……」派恩聳了聳肩，「嗯，對魔怪來説，倒是能輕易把教鞭當做兇器，教鞭頭部雖是平的但也能穿入人體，魔怪力氣大。」

「現在，用教鞭當兇器殺人，也是我們的推斷，我們在現場沒有找到任何實物證據。」南森很是遺憾地説，「還有那團綠光，有些魔怪，隱形後會散發出一些有顏色的光，但這也是推斷。」

「能得到的結論是這個案件就是魔怪作案。」派恩在一邊小聲地説，「可是沒什麼用，警方一早就認定是魔怪作案了，關鍵是要找到線索。」

「所以我們的尋找範圍就要擴大。」南森拿起了那本魔法書，「有意思的是，這個科夏普教授，似乎想成為我們的同行，或者説正努力成為我們的同行。這本《初級魔法教程》，是德國漢堡大學魔法系教授漢森寫的，也是很

多專業學習魔法術的學生的教材。科夏普也是教授，但在魔法上他不是專業的，他是個業餘魔法愛好者，在這本有很多批注的書上，我找到了一點點的線索。」

南森這話是忽然說出的，大家的反應都是一驚，隨後全部雙眼放光。保羅從沙發上不由自主地躍下，跑到南森身邊，似乎想要去看那本書。

「……科夏普教授把他學習魔法的過程都很詳盡地批注在書上，例如〈穿牆術〉這章，教授就有『口訣難以掌握』、『每天至少練習三遍』、『第一次嘗試，頭破血流未成功』等十多條，類似的有很多……」南森一邊翻着書，一邊說，「關鍵是〈魔怪追蹤術〉這章，這章講的是如何根據各種痕跡追蹤魔怪，這章上也有很多批注，其中有三條：一，『很奇怪，教學樓裏居然有行走的顯影，白色的，本來是買來眼鏡隨便看看的，眼鏡很好用還是有故障？就在化學系實驗室門口，沿走廊到教學樓大門就消失了。』二，『第二次發現顯影了，教學樓裏怎麼會有這種痕跡？是否化學試劑洩露在門口所致？又追蹤到大門口，無果。』三，『繼續觀察，謹慎』。」

第五章　實驗室裏

南森說完，環視着大家，不再說話了。小助手們互相看看，海倫的眉毛似乎都扭在一起了，她努力地思考着，派恩一副不知所措的樣子。

「博士，這三個批注，我知道是科夏普教授在學習中的發現，並進行了記錄。」海倫站起來說，「第一條說得很明白，眼鏡很好用，應該是他用了魔怪追蹤眼鏡。像你這樣的資深魔法師大都能使用魔法看出魔怪遺留的行走痕跡，魔法初學者只能佩戴追蹤眼鏡才能發現行走痕跡。啊，這種追蹤眼鏡剛發明不久，據說不少魔法愛好者都開始購買。」

「沒錯。」南森點點頭，「魔怪的任何行動，通常都會留下或濃或淡的魔怪痕跡，有些魔怪在行走的時候，會留下有魔怪反應的足跡，資深魔法師能看出來。這種魔怪追蹤眼鏡，是德國的魔法師聯合會研究所的產品，我沒用過，這是近年新出的電子產品，據說很有效，看來科夏普教授買了一個，並且用它隨便觀察了一下走廊，他居然在走廊裏發現了魔怪行走痕跡，白色的，到了大門就不見

了。教授很奇怪，他懷疑眼鏡出了問題，因為教學樓走廊出現魔怪行走痕跡的確讓他感到難以置信，我其實也一樣，我也感到這非常的不可思議。」

「我的魔怪探測系統覆蓋面積很大，化學系實驗室要是就在教學樓裏，有任何魔怪痕跡我也能搜索到，可是我並沒有感覺到。」保羅説，「要是有，化學系實驗室問題就很大了。」

「化學系實驗室就在地面層，和科夏普教授的辦公室距離不到十米。」南森説。

「博士，你觀察得很仔細。」保羅晃着頭説，「我其實也很仔細，但是我的身高……仰着頭看那些門上的銘牌很費力。」

「嗯，這我知道。」南森微微笑笑。

「博士，第二條説明了什麼？魔怪痕跡第二次出現了？」海倫繼續剛才的話，「第三條呢？『謹慎』？『觀察』？教授等待魔怪痕跡第三次出現嗎？」

「第二條批注，應該是教授再一次發現了那個痕跡，並把這次觀察也記錄在書上，隨後等待第三次出現，但是他應該是沒有等到就遇害了，書上的批注中再也找不到新的批注了。」南森説，「通過我對批注筆墨的痕跡判斷，第一條批注應該是兩個月前寫的，最後兩條批注都是最近

一個月內寫的。」

「博士，批注上寫的那痕跡出現在化學系實驗室門口到教學樓大門口這段距離是什麼意思？」本傑明想了想說，「我理解是，如果真的有魔怪痕跡，那就是有個魔怪從實驗室門口出來，走到大門口後，由於外面露天，風大，或者有雨水，痕跡無法長時間保留，所以不見了。」

「可以這麼理解。」南森點點頭，「如果僅僅是魔怪行走痕跡，室內保留時間會長一些，室外保留時間很短。」

「不過教授沒有記錄去化學實驗室裏看看嗎？他可是有魔怪追蹤眼鏡的。」本傑明又説。

「沒有這方面的紀錄，不過這很好理解，因為他太熟悉身邊這些同事了，教授就沒有去想化學系實驗室裏有魔怪，他想的是有化學試劑在門口洩露了，畢竟他不是專業魔法偵探。」南森若有所思，「他戴上買來的眼鏡隨便在走廊裏看看，結果發現了魔怪行走痕跡，而且是兩次，引起了懷疑，但是想的是化學試劑洩露。我想如果出現第三次，他一定會警覺起來，但是沒有第三次了。」

「化學實驗室我們一定要去看看。」本傑明堅決地説。

「裏面做實驗的人，沒準藏着幾個魔怪呢。」派恩跟

着説。

「接下來，我們有具體的行動。」南森環視着小助手
們，「首先就是查清化學系實驗室裏的人是否和魔怪有關
聯，這點如果被排除，我們就要去化學系實驗室勘查。另
外，還要去教授家看一看，問問他的親人，有沒有看到教
授的魔怪跟蹤眼鏡，辦公室裏沒有，我們查過了，可能被
他帶回家了，現在我們都是根據批注推斷他有這樣一副眼
鏡，但是我們要找到實物證據……如果教授用跟蹤眼鏡兩
次都看到走廊裏有魔怪行走痕跡，他可以懷疑是化學劑洩
露，但我們不能這麼簡單地看待。」

大家隨即行動起來，南森打電話給迪克，請他幫忙聯
繫校方，南森他們要先查看一下化學系實驗室工作人員的
情況，隨後對實驗室進行全面勘查。另外，南森派海倫去
科夏普的家裏，看看科夏普是否把魔怪跟蹤眼鏡帶回了家
中。

在海倫回來之前，化學系實驗室主任格納和兩個助手
的資料都被迪克發送到了南森的郵箱裏。從紀錄看，格納
和兩個助手過往的經歷清白，沒有任何和魔怪接觸的可能
性，進出實驗室做實驗的人多數為學生，人數眾多，調查
起來要花很多時間。南森再次聯繫迪克，他想先去實驗室
勘查一次。

　　迪克還沒有回覆，海倫拿着一副魔怪跟蹤眼鏡回來了。科夏普果然把眼鏡帶回了家中。

　　「科夏普的太太説，看見科夏普好幾次戴着這副眼鏡在家裏四處看，還跑到街上去看。」海倫把眼鏡放到一個物證袋裏，這種眼鏡的鏡框更加寬大，而且鏡框邊上還有一個供電器，看上去就和一般眼鏡不一樣，「我了解了情況，沒聽説科夏普教授在家中戴着這副眼鏡發現了什麼，

他的太太也知道科夏普痴迷於魔法的練習，還經常勸他説
他在這方面沒有什麼天賦，讓他早點放棄。」

「的確，如果有天賦，在走廊裏兩次發現魔怪痕跡，
應該有所措施了，起碼要去魔法師聯合會説明這件事，可
是他仍然在等待。」南森很是遺憾地説，「結果沒等來第
三次，性命就沒有了。」

「博士，我感覺……這所大學裏真的有一個魔怪，
而且被科夏普偶爾給發現了，但是科夏普本人並不是很在
意。」本傑明有些沉重地説。

「看起來是這樣的……」南森説着向窗外看去，窗外
不遠處，就是諾里奇大學。

這時，南森的電話響了，他連忙接通電話，是迪克打
來的，南森和迪克説了一會話，放下了電話。

「迪克聯繫了實驗室主任格納先生，我們現在過去，
格納已經去實驗室了。」南森説，「我們走吧，希望在那
裏有所發現。」

這次的任務大家有了明確的目標，一切根源似乎就
在化學系的實驗室裏，那裏應該能找到什麼。大家出了旅
館，一路上，無論是本傑明還是派恩，都摩拳擦掌的。

「看到什麼了嗎？」保羅一邊走一邊問海倫，因為海
倫此時把科夏普的眼鏡都戴上了，海倫説自己從來沒有用

過這種眼鏡，「我的魔怪預警系統比這個眼鏡有用，這眼鏡是給那些業餘魔法愛好者用的。」

「我知道，但是這也是尖端的魔法電子產品，我要試一試。」海倫依舊戴着眼鏡，透過眼鏡看出去，一切都是正常的。

他們進了大學，很快就來到了教學樓，看門人艾德認識他們，立即讓他們進去。他們穿過走廊，向化學系實驗室走去，海倫戴着眼鏡，向地板上看着，沒有發現任何魔怪痕跡。

來到化學系實驗室門口，門是開着的，南森走了進去，只見裏面站着兩個人，一個年長者，一個年輕人，年長者看見南森進來，連忙走過來。

「嗨，你好，我是格納，這裏由我負責。」化學系實驗室主任格納伸出手，「南森博士，很高興見到你，剛才學校找到我，説你要看看我們的實驗室，不知道你要了解些什麼……噢，這是實驗室的管理員費奇，也是我的助手，另外一位管理員西瑞爾今天沒上班。」

「打擾了，格納先生，我是南森。」南森和格納握了握手，隨後和費奇握握手，「有關科夏普教授遇害的案件，我們發現一些線索，可能和實驗室有關，所以來這裏勘查一下。」

「科夏普是生物系的教授,從來都不會到我們這裏來,和我們有什麼關係?」費奇抱怨着説,他的臉色一直不好看。

「都在一個走廊上,科夏普教授應該是發現了些什麼。」南森也不和他計較,也許這次勘查打擾了他們,「我們的檢查會很快,這點請放心。」

費奇也沒有多説話,本傑明和派恩都用很不友好的眼神盯着他。

　　化學系的實驗室看起來很大，似乎有兩個空間，外面是一張張的實驗枱，上面擺着坩堝器皿以及燒杯、試管等實驗器具，看起來和南森的實驗室擺設沒什麼區別。這種枱一共有三十多張，實驗室裏面還有一個房間，還不知道是幹什麼用的。

　　南森擺擺手，海倫他們開始對實驗室開始勘查，保羅跳到實驗室前的一張大桌子上，對着整個實驗室，從左至右開始掃描，他的雙眼射出兩道紅光，這個舉動令格納和

費奇都很驚奇。

海倫和本傑明、派恩各有工作分配，他們沿着一排排的實驗枱走着，用手裏的幽靈雷達掃描着各個區域。南森看着四周，窗外明亮的陽光射進實驗室，憑着他的目光和感覺，這個實驗室房間裏不可能被魔怪作為藏身之所。

「格納先生，這裏的功能是讓化學系的學生上實驗課？」南森走到格納身邊問。

「是的。」格納説，「學生們在這裏上課，教授在這裏講課，啊，裏面還有兩個房間，一個是教授們做實驗的房間，一個是化學實驗品倉儲庫。」

「目前化學系有多少個學生？」南森又問。

「四個年級，大概三百多人。」格納略微想了想説，「所有的實驗課都是在這裏上的。」

「學生中⋯⋯」南森頓了頓，「有沒有哪一個，你知道的，和魔怪或者巫師有牽連？」

「噢，真是奇怪，我們的學生怎麼會和魔怪有聯繫？」費奇叫了起來。

「費奇。」格納不滿地看了看費奇，隨後笑着轉頭望着南森，「這麼多學生，我們不可能每個都認識，但是大體説，我們從未聽説學生和魔怪有什麼聯繫。」

「那麼教授們做化學實驗呢？也在這裏嗎？」南森

又問。

「裏面的房間。」格納點點頭。

「南森先生，你不是又懷疑我們化學系的教授和魔怪有聯繫吧？」費奇的口吻有些挑釁的味道。

「我只是全面的調查，這是我的工作。」南森平靜地說。

「你有沒有和魔怪聯繫，我們也要調查呢。」派恩來到南森身邊，聽到了費奇那不敬的言語，生氣地說。

「我？怎麼可能？」費奇立即叫了起來，「你們這可是亂猜疑……」

「費奇——」格納瞪着費奇，一臉的不快，「科夏普教授遇害了，南森先生這是在調查案件，並不針對誰。」

費奇聳聳肩，不再說話了。

「博士，沒有發現。」派恩不再理睬費奇，轉身對南森說。

這時，海倫和本傑明都走了過來，對着南森失望地搖搖頭。保羅站在大桌子上，對南森這邊搖搖手，表示什麼都沒發現，隨後跳下桌子。

「格納先生，那麼我們到裏面房間去檢查一下？」南森很有禮貌地問道。

「好的，跟我來。」格納點點頭，隨後向實驗室裏面

走去，「裏面的小房間是教授們做實驗的地方，大房間是倉儲庫，全都是化學實驗品，什麼都有……」

他們來到了裏面的房間，有一個隔間，是個小實驗室，大的房間門關着，有一個窗口，也關閉着。這個房間左右各擺着兩個滅火筒，牆上還有火災警報器，一看就是一個嚴密防火的房間。

「這裏的管理員西瑞爾沒有上班，科夏普教授遇害後，整層都被封閉起來，他暫時也就不用來上班了。」格納説，「裏面都是實驗品，領取實驗品要登記，使用貴重的實驗品要化學系的幾個教授申請，我批准才能領取。」

「明白。」南森點點頭。

「我可以打開這個房間，你們檢查。」格納説着走過去，打開了倉儲庫的房門。

派恩和本傑明去小實驗室裏檢查，海倫帶着保羅先進了倉儲庫檢查，南森隨後走了進去。進去後，發現這裏空間很大，有一排排的巨型櫃子，上面有一個個的小抽屜，在房間的角落，還有兩個大鐵櫃子，櫃子上有鎖。

保羅跳到一張桌子上，對着巨型櫃子開始掃描，海倫手持幽靈雷達開始探測房間。

「嗨，有魔藥材料呀——」保羅雙眼射出紅光，邊掃描邊叫了起來，「閃鋅礦、磷酸錳、蛋白石……」

第六章　珍稀的原礦石

「噢——你是怎麼看到的——」格納在一邊驚叫起來，保羅距離那些抽屜有七、八米，都能叫出抽屜裏實驗品的名字了，「就靠你眼裏的紅光？」

「對，恭喜你，猜對了。」保羅得意地説，「這對我來説很簡單。」

「不過你説魔藥材料？我們這裏沒有魔藥材料呀？」格納很是驚奇地問道。

「噢，不少實驗品，對你們來説就是礦石，普通的或者是貴重的，對巫師或者魔怪來説是煉製魔法藥劑的原料。」南森在一旁連忙解釋。

「明白了。」格納點點頭，「聽説是魔藥材料，我還以為我們這裏真的和魔怪有什麼關聯。」

「鐵櫃子裏也是魔藥材料……啊，是礦石呀。」保羅的雙眼看向鐵櫃子，「哇，鈣鈦礦原石，博士，我們找都找不到的……」

「你這是透視眼呀。」格納感歎地看着保羅，「這個櫃子裏的原礦石等都是極其珍貴的，所以鎖在鐵櫃子裏。

有些原礦石的價值比黃金
還貴重一百倍，大門口設
立看門人很大程度上也是
因為我們學系的這個實驗
室，夜晚值班，白天阻攔
閒雜人員進入教學樓，那
邊的文科教學樓連實驗室
都沒有，所以根本就不設
看門人。」

　　「噢，是這樣。」南森點點頭，他
一直觀察着整個房間，這個房間非常整潔，除了一排排的
櫃子，還有靠近窗戶的桌椅，沒有別的擺設。

　　「博士，沒有什麼，全都是礦石或者一些化學品。」
保羅從桌子上跳了下來，「還有些器皿什麼的，都是和化
學實驗有關的物品。」

　　南森點點頭，他看似漫無目的地在倉儲庫裏走着，大
家都看着他。搜索完整個倉儲庫的海倫有些不甘心，但是
毫無辦法，的確沒有魔怪痕跡。海倫從窗口向外看了看，
外面的小路上空無一人。

　　「博士——」本傑明和派恩走了進來，他倆看着倉儲
庫裏的景象，本傑明的語氣很是無奈，「小的實驗室檢查

過了，什麼都沒有發現。」

「我覺得你們的方向可能錯了，儘管我不知道你們這些魔法偵探的具體破案手法，但是我想說，你們可能錯了。」費奇有些悻悻地說，「你們的時間應該花在有用的地方。」

「你覺得什麼是有用的地方？」海倫很反感這個費奇——從他一開始就擺出的態度開始。

「我不是魔法偵探⋯⋯」費奇聳聳肩。

「所以請你閉嘴。」海倫緊跟着說。

本傑明、派恩都在一旁對海倫點着頭，鼓勵她這種針鋒相對的態度，保羅則走過去，圍着費奇轉了兩圈，不滿地瞪着費奇。

費奇有點怕保羅，他不再說話了。南森根本就沒有去理會費奇，他走到了鐵皮櫃旁。

「格納先生，這些貴重礦石原料，進出都有詳盡的紀錄吧？」

「有的，有詳細的紀錄，貴重礦石原料拿出倉儲庫，都要有我的簽字確認。」格納說着走到南森的身後。

「什麼人領取這些貴重原料？」

「教授做實驗，有些學生的實驗課也用到一些。」

「領取的紀錄我需要看一看，最近一年的。我還要核

對一下稀有原礦石的實際消耗情況。」

「好的，不過這裏的管理員西瑞爾沒有上班，我也不知道你需要紀錄，所以剛才沒有叫他來。」格納有些不好意思地説，他指着窗口桌子上的電腦，「我一會就通知他，讓他列印一份出來，這台電腦只有他能打得開，不過要等一些時間了，其實昨天我和他通過話，他説今天他會去倫敦，現在他應該在倫敦。」

「好的，他列印了紀錄後不要離開，我會和他一一核實很多東西。」

「沒問題，我馬上通知他。」

「謝謝。」南森微微笑笑，隨後看看幾個小助手，「那我們先回去吧。」

南森他們離開了化學系實驗室，向旅館走去。海倫緊緊地跟上南森，她皺着眉，一直思考着一個問題。

「博士，化學系實驗室有問題嗎？」海倫問，「為什麼要找西瑞爾拿出入庫的紀錄？」

「有很大問題。」南森平靜地説，「那些稀有的原礦石，我想……應該有損失……先回去再説。」

他們回到了旅館，南森回去後喝了點水，幾個小助手已經圍上來，都看着他，南森放下杯子，苦笑起來。

「我知道你們要問什麼。」南森坐在椅子上，「等西

58

瑞爾回來，我看過出入紀錄，然後還要核查庫存紀錄。我懷疑那些稀有的原礦石，可能有丟失，而這種丟失情況，極有可能和魔怪有關。」

「我明白了，你是說那些礦石可能被魔怪當做魔藥原料偷走了，所以化學系門口才會有魔怪足跡，但是僅僅算是一個魔法愛好者的科夏普教授沒注意，也不可能注意到這點。」海倫眉頭解開，有些興奮地問。

「是這樣的。」南森點點頭，「鐵皮櫃裏有鈣鈦礦原石，這種礦石是最頂尖的魔藥原料了，魔怪和巫師都極力找尋，但是很少能得到，我們魔法師也一樣。裏面還有別的貴重礦石，都是煉製魔藥的稀缺品種。我們只要找到原始進庫資料，再減去實際消耗數量，如果當中有虧空，這種虧空數量不一定很大，管理員可能都沒有注意，不過少量的原礦石對魔怪或者巫師來說大概也夠了。還有，魔怪應該竊取了各種原礦石，如果我們能確定哪一種原礦石被竊最多，可以反推斷出來何種魔怪最需要這種原礦石，或者說這種原礦石能煉製什麼樣的魔藥，哪種魔怪最需要它。」

「明白了……博士，我有個問題，為什麼魔怪或者巫師不把罕見的原礦石一次就偷走呢？」本傑明插話問道。

「那樣就直接暴露了，有可能引來魔法偵探。」南森

59

看着本傑明，「一點點偷竊，不會被發現，這個魔怪能一直偷下去。」

「噢，明白了。」本傑明點點頭，「不過這個魔怪怎麼知道鐵皮櫃裏有這些原礦石呢？」

「這個問題就複雜了，它有可能隱藏在學生們中間，甚至是化學系的某個老師。它可能偶然得知鐵皮櫃裏有原礦石，也可能原本就知道。」南森的語氣忽然有些沉重起來，「總之，這應該是內部作案，不是這個大學的人很難知道化學系有那些原礦石。」

「我看魔怪就是那個費奇，長得就像個魔怪，說話口氣那麼衝，就像是人家都欠他什麼一樣，一點都沒有禮貌。」派恩有些生氣地說。

「那他身上沒有魔怪反應呀。」保羅說。

「也許是個能隱蔽掉魔怪反應的傢伙，或者是個巫師呀，巫師身上沒有魔怪反應。」派恩解釋說。

「有道理，有道理呀。」保羅連忙晃着頭說，「我看他也不像好人。」

「他的語氣確實有些……」南森很是平靜，「不過我們要有證據，也不能輕易就這樣懷疑他。」

「他根本就是魔怪。」派恩不依不饒地說，「不用懷疑。」

「這話有些賭氣，但是……」本傑明看看派恩，「我同意。」

南森很是無奈地笑了笑，搖着頭，一副無可奈何的樣子。派恩和本傑明的確在賭氣，他們都很生氣剛才費奇那個樣子。不過這畢竟不是推斷案件的合理態度，兩人說了說，也就不多說了。

大家要等待管理員西瑞爾回來，只要能發現稀有原礦石減少，那麼就可以確立有魔怪或者巫師進行偷竊了。保羅站在沙發旁，一次次地從後背彈出托盤，這個托盤可以精準測量物體的重量，剛才保羅通過掃描探測已經發現了，鐵皮櫃子裏的原礦石都不大，有的只有乒乓球大小，這也很正常，如果每塊都巨大，也體現不出它們珍稀了。保羅伸縮着托盤，檢測這托盤稱重的精準度，他一會就要使用這個托盤了。

「你就沒掃描到那些原礦石上有魔怪觸碰的痕跡？」本傑明坐在沙發上，看着保羅問道。

「沒有，要是一個月前魔怪觸碰過原礦石，痕跡再重也都隨時間而消失了。」保羅縮回了托盤，「房間裏魔怪痕跡保存時間會長一些，但不可能永久保存下去。」

「噢，要是你能發現什麼，我們就能直接根據線索去追查了。」本傑明說着看看窗外，「如果真是魔怪偷取稀

有原礦石，那一定隱身在做實驗的學生中吧……」

　　窗外，忽然傳來刺耳的消防車警報聲，緊接着，三輛消防車呼嘯着從窗口前開了過去。遠處，還有消防車警報聲傳來。消防車的警報聲響成一片。

　　「哪裏着火了？」本傑明衝到窗口，向外看着。

　　派恩和海倫也跑到窗口，一起向外看着，應該是附近着火，因為消防車的警報聲不遠，就在附近。

　　「我來測一下──」保羅跳上了桌子，豎起了耳朵，

「我對聲音的方位感最靈敏，我能定位聲音。」

「在哪裏呀？你快說。」海倫轉身，看着保羅。

「……很近呀，就在……諾里奇大學，一號教學樓那裏，啊，剛才我們去過的教學樓。」保羅一開始有些漫不經心地匯報，隨即意識到了什麼，高度緊張起來。

「教學樓？」本傑明和派恩也走了過來，一起喊道。

南森聽到保羅的話，遲疑了不到兩秒，隨即去拿桌子上的電話。他要打電話去詢問。

第七章　內部人員作案

「鈴鈴鈴——」南森的手剛碰到電話，他的手機忽然響了起來。南森立即拿起手機，按下通話鍵。

「……什麼？格納先生，你再説一遍？是化學系實驗室發生了火災？」南森的聲音很大，「費奇在實驗室裏？現在火勢還沒熄滅……」

南森的話震驚了在場的小助手們，他們全都緊張起來，這一切發生得太突然。南森已經結束了通話，他揮着手讓大家跟上他，南森推開門，急匆匆地向外走去。

他們飛奔地向諾里奇大學跑去，沒一會，他們就跑到了教學樓前，只見三輛消防車對着化學實驗室噴水，火焰已經看不見了，似乎火勢已經被控制住了。消防車後面，三輛警車停在那裏，幾個警察擔任警戒工作，阻止圍觀的學生和教師靠近。有一個人在那裏和警察説着什麼，那人正是格納。

「博士——」迪克的聲音傳來，他從南森他們身後跑來，「我剛得到消息，説教學樓失火了。」

「我們也剛剛趕到。」南森連忙説。

「費奇在裏面——費奇在裏面——」格納先生焦急地和警察説着什麼,看樣子是想進救火現場去,「快把他救出來呀——」

「請冷靜,專業的消防員在滅火,不要靠近,很危險——」兩個警察攔着焦急的格納,不讓他靠近。

「啊呀——」格納先生看到了南森他們,更加激動了,「你們是魔法師,你們來救火,快,費奇在裏面呀——」

「我想不用了。」本傑明指着消防車,三輛消防車已經停止了噴水,通過窗戶可以看到,一個消防員已經在裏面了。

「格納先生,到底怎麼回事?」南森急着問。

「哎呀,費奇説在裏面等西瑞爾,我就去了二號教學樓,那裏有我們臨時辦公的地方,後來有學生報告説化學實驗室起火了,我就給你們打了電話。」格納邊説邊往教學樓大門跑,南森他們緊跟着,從那裏可以進入實驗室。不過大門口也有警察警戒。

教學樓大門這裏,兩條消防水管延伸着進了教學樓,很明顯,剛才消防車在窗外噴水,還有消防員拖着水管在走廊裏從實驗室的門口噴水滅火。

格納他們剛走到門口,兩個消防員抬着一副擔架就走

了出來，大家一看，都驚呆了，費奇渾身漆黑，躺在擔架上，一動不動的。

「費奇——」格納撲了上去，「你怎麼了——」

「不行了。」一個跟出來的消防員搖着頭對格納說，「我們進入的時候，看到他就倒在門口，門口那裏是一塊空地，沒怎麼被燒到，但是吸入了大量的濃煙……」

「啊？」格納呆呆地站在那裏，身體都有些站立不住了，海倫和本傑明連忙扶住他。

「請問失火的原因？」南森急着問，「你們能看出來嗎？啊，我們是倫敦來的魔法偵探，正在處理的案件和這個實驗室有關。」

「比較明顯的人為縱火。」消防員說，「使用的是裝着汽油的簡易燃燒瓶，燃燒瓶被拋到了房間裏，應該是從窗戶裏扔進去的，裏面有大量的破碎玻璃，落地點有汽油燃燒痕跡，這種情況我們遇到過。」

「人為縱火？」南森一愣，隨後看看小助手，「海倫，我們進去後你去查看實驗室窗戶周圍，本傑明、派恩，去向那些學生了解有沒有可疑的人出現在實驗室周圍，老伙計，你和我一起跟着警察勘驗現場。」

大家立即分頭行動。警方的鑑證人員很快趕到現場，南森和他們一起進入大樓，剛走進去，就看見艾德和一個

消防員激動地説着話。

「……我一直在房間裏坐着呀，實驗室在裏面，開始都沒感到失火，後來聽到有爆炸的聲音，跑出房間才看到實驗室着火了，我就報了警……」艾德説着話看到了進來的南森，「南森先生呀，剛才突然就着火了……」

南森安撫了艾德幾句，艾德説並沒有看到誰縱火。南森他們隨後進到實驗室裏檢查，剛才還井然有序的實驗室已經面目全非，所有的桌椅都被燒塌，裏面的那些櫃子有些也已經倒下，有的雖然立着，但是全身漆黑，冒着煙。房間裏滿地是消防員們滅火時噴的水。

南森就像是有預感一樣，他帶着保羅直接進到了實驗室裏面的房間，進了倉儲庫，果然，裝稀有原礦石的鐵櫃子已經倒了，櫃子的鐵皮都被燒透，一些原礦石散落出來，還有的被高溫融成一團。

「噹──」的一聲，南森不小心踢到一個瓶子，那個瓶子是個碎瓶子，確切地説是這是半個瓶子，南森把瓶子撿起來，拿在手上看了看。

「小心點，這裏到處都是碎玻璃。」保羅邊走邊説，有兩個消防員正在把水向外抽，屋裏的水位正在迅速下降。

南森點點頭，手上依然拿着那半個瓶子，他知道，這

個瓶子就是引燃大火的燃燒瓶，鐵櫃子這裏，明顯被扔了好幾隻燃燒瓶。南森向外看去，窗戶已經被燒塌，裝着稀有原礦石的鐵櫃子，正對着窗戶。

從拋擲燃燒瓶燒毀實驗室的手法看，這是一種明顯的非魔怪作案手法，警方在現場仔細地取證。在海倫沒有發現魔怪痕跡的情況下，僅僅是這件事，還不能推斷和魔怪有關，但是南森堅信這件事完全和魔怪有關。

海倫他們陸續回來，告訴南森他們什麼都沒有發現。警方這邊的取證也基本完成，一份詳盡的報告一會就會提交給南森。

迪克此時非常痛苦，他和另外三個魔法師，就在諾里奇大學警戒着，但是他們想的是教學樓這裏已經發生了魔怪案件，不大可能再次發生案件，所以都在其他區域警戒着，沒想到化學系實驗室遭到攻擊。實驗室與科夏普教授遇害的辦公室距離不到十米，都在一條走廊上。

「我們會留一個人，盯着這個教學樓。」在教學樓的門口，迪克説道，「不過我想這裏不會再出事了。」

「你也不必太自責，這件事⋯⋯也許是我們調查實驗室引起的，事情很可能出在內部。」南森語氣沉重地説。

「接下來⋯⋯」迪克看看南森。

「我們先回去，警方的勘驗報告馬上就到，我們的

勘驗結果是沒有發現魔怪破壞痕跡。」南森説，「回去疏理一下這個新的案情，有人不願意我們調查這個實驗室呀。」

回到旅館房間，大家的心情都有些沉重，誰的話都不多。沒一會，警方初步的現場勘驗報告就傳送過來，警方正在根據現場的瓶子展開調查，希望能依靠這個線索找到是誰製作的燃燒瓶。

南森看着報告，並且在一張紙上畫着什麼，小助手們也都看着報告的複製文件，拋擲燃燒瓶的這個傢伙膽子也太大了，南森他們正在進行調查期間就敢動手，還造成一人的死亡。

南森看完報告，在紙上寫了幾個字，隨後看看小助手們，他們也都看完了報告。

「都看完了吧，新的這個案件，我們來疏理一下，作案者的針對性其實很明顯呀……」南森招了招手，把大家叫到了身邊。

小助手們都圍了上去，南森把一張紙打開，上面是化學系實驗室的平面圖，有些地方被南森進行了重點標注。

「……作案者採用的是拋擲燃燒瓶的方式縱火，他一定知道房間裏有人，他拋擲瓶子的時候也許被看到，而這個人，也就是費奇。如果費奇跑出來會認出他，所以一開

始就先向實驗室的門口拋擲了起碼五個燃燒瓶，大火封住了門口，而實驗室的窗戶都加裝了鐵條，人鑽不進去，但是燃燒瓶可以扔進去，費奇的出路被封死了。」南森指着紙上的標注點說，「隨後，作案者開始向裏面的房間扔燃燒瓶，燃燒瓶打碎了窗戶後，在裏面開始燒起來，作案者的目標就是裏面的鐵櫃子，外面那些桌椅沒什麼好燒的，他不感興趣。」

「鐵皮櫃裏有珍稀的原礦石，鐵皮櫃前有一地碎瓶子，作案者就是要燒了鐵皮櫃，而且得手了，我看到很多原礦石都掉出來或被燒毀了，這下我們不能推算出哪種原礦石被竊了並根據這個線索找魔怪了。」海倫有些悲歎地說。

「我們要調查實驗室的原礦石，隨即這裏就被燒毀，這樣太明顯了，誰知道我們要調查原礦石的出入庫紀錄呢？」派恩一臉的嚴肅，「我看格納和西瑞爾最有嫌疑，費奇死了，是受害者，明顯不是他……」

「如果簡單地看，格納和西瑞爾都有嫌疑，但是這也太明顯了，這樣聚焦就只有他們兩個了，問題沒這麼簡單呀……」南森若有所思地說，「我們在校園裏破案的消息，其實應該已經在學校裏傳開了，如果我們剛才查案過程中，被作案者遠遠地監視甚至聽到我們的對話，也不是

沒有可能。」

「那會是誰呢？我看到格納先生剛才的樣子很悲傷，不像是作案者，另外一個西瑞爾我們還沒見過呢。」本傑明眉頭緊鎖，「這個西瑞爾的背景我們要再查一下，不過博士說得也沒錯，我們在校園裏查案的消息應該不是什麼秘密了，博士本來就是名人。」

「啊，我想起來一件事。」保羅這時忽然說道，「作案者一共投擲了十幾個燃燒瓶，就沒人看見嗎？海倫，你們詢問過那些學生吧，沒什麼線索？」

「教學樓這邊的大門在調查期間被封閉了，學生們上課都走大樓另外一面的門，所以極少有人來這邊。」海倫說道，「還好極少有人走這邊，否則在作案者投擲燃燒瓶時被看見，目擊者一定也會被他殺掉滅口的。」

「作案者就是知道這邊目前很少有人走動才敢在大白天作案的。」南森看看大家，說道。

「作案者這麼急着燒毀鐵皮櫃，我看就是要搶在西瑞爾回來前破壞證據，我們反向推理，也就是說鐵皮櫃子的稀有原礦石真的被竊走了，只不過我們無法知道是何種原礦石被竊。」

「說來說去，這件事就是內部作案……」派恩揮着手，看看海倫他們，「海倫，我們來到這個大學，你們沒

感到有什麼人隱身跟着我們吧，這個人太清楚我們的行動了，除非這人就是格納或者西瑞爾。」

「要是一直有人隱身在我們身邊，那太可怕了，博士都沒有察覺出來，一定是最頂級的魔怪，或者是在隱身術這方面有強大的能力。」海倫心事重重地說，她的語氣顯現出絲絲的恐懼。

「海倫說得對，這件事，格納和那個始終未露面的西瑞爾的確要調查一下，但如果僅僅是他們兩人，這事相對倒是輕鬆了。」南森說着頓了頓，他的言語也很沉重，讓人感到壓力，「這所學校都要檢查一下，把這個隱藏的傢伙找出來。」

「整個學校？」派恩叫了起來，「這學校有幾千個學生呢……」

第八章　鋅顯形粉

「用『鋅顯形粉』試一試。」南森明顯有了主意，他的語氣很堅決，「海倫，我們不久前製成的，有一百克。」

「是顯形粉的變種？保羅能遠距離接收回饋資訊的那種顯形粉？」海倫雙眼一亮，很是興奮地説。

「試驗『鋅顯形粉』的時候你們兩個不在。」南森看着充滿疑惑的本傑明和派恩，「我們用眼力觀察，用儀器探測，並不一定保證能辨識出隱藏身分的魔怪，而顯形粉可以當場讓隱身或者偽裝成人類的魔怪顯出原形。至於巫師，煉製魔藥並且服用魔藥，也能讓巫師顯出魔性。但是『鋅顯形粉』必須是當場噴灑才能顯現，它可以隱蔽地鋪設，藥效時間長，關鍵是金屬鋅的反應能讓保羅在八百米內都可以接收到資訊。」

「博士，有這樣的寶貝，你天天在實驗室裏，真的很有成果呀。」本傑明叫了起來，一臉的激動。

「那是你們平常都不關注，叫你們幫忙做個實驗，看你們那個不願意的樣子。」海倫用責怪的語氣説道，不過

隨即聳聳肩，「我倒是知道，但也沒想起來……啊，不過我們就提取了一百克，這麼大的一間學校……」

「是要省着用，用在關鍵的地方。」南森點着頭說。

「我們先要給格納和西瑞爾試一試……」派恩忙不迭地說。

「博士，我坐火車回去拿。」海倫有些急切，「這邊隨時都有可能發生事情，你要留在這邊，我回去拿，我知道在什麼地方。」

「那好，你坐最近的一班火車回去，快去快回。」南森看了看時間，「老伙計，看看最近的火車班次……」

海倫去了倫敦，晚上七點前她就能回來。小助手們此時都有了活力，不像剛才那樣因為案件沒有頭緒而顯得無精打采的。

教學樓的地面層，因為有人縱火，已經被徹底封閉起來，有一名魔法師在地面層的一間辦公室駐守，嚴防這裏再發生類似情況。現在兩宗案件已經確定為內部人員作案，所以性急的本傑明帶着保羅，下午的時候索性在校園裏走來走去，專門去學生多的地方，保羅開啟了探測功能，努力從人羣中找出隱藏的魔怪。

諾里奇大學有三個教學樓，出事的是一號教學樓，其他還有圖書館、科教中心、學生宿舍等建築，人員進進出

出，如果真有個法力高超的魔怪或者巫師隱身其中，的確很難找出來。

傍晚，一身疲憊的本傑明帶着保羅回到了旅館。迪克先生來了，正在和南森説着什麼，派恩看到本傑明回來，迎了上去。

「沒什麼發現吧，其實不用這麼急，博士的寶物拿來，就能找出那個傢伙了。」派恩信心滿滿地説。

「不急才怪，你就是懶。」本傑明説着坐在沙發上，「萬一發現了呢，反正那傢伙就在學校裏……」

「要是跑了呢？」派恩反問道。

「博士説過了，不會跑掉，如果它跑掉，就不會冒着風險燒實驗室了。」本傑明立即説。

「什麼可能都有，不過我確實也覺得那傢伙不會跑掉，它隱蔽得很深。」派恩説，「所以要博士的寶物把它挖出來……」

「天下第一勤勞小笨蛋，別那麼多話，去給我倒杯水。」本傑明不聽派恩的嘮叨，「我都走了一下午了。」

「天下第一超級無敵魔幻小神探。」派恩沒好氣地説，「搞清楚我的名號再説。」

一邊，南森和迪克告別，迪克匆匆走了出去。南森回到房間裏，一看就是一直在想着什麼。

「警方沿着燃燒瓶的線索調查，瓶子是普通的啤酒玻璃瓶，超市裏就能買到，燃燒物就是汽油，也比較容易找到。」南森看看本傑明他們，「順着這兩條線查，比較困難，附近的加油站都打聽過了，最近都沒有人來買汽油……」

「應該是早有準備，作案者也不會直接跑到加油站弄汽油，那樣很容易暴露，警方一查就能查到。」本傑明説。

「是呀。」南森點點頭，「迪克他們會晝夜警戒，在校園裏巡邏。」

「我剛才在校園裏碰運氣的時候，遇到了兩個魔法師，那樣子，那眼神，一看就是魔法師，和那些教授、學生就是不一樣。」本傑明想起了什麼，立即説道。

「一號教學樓有個魔法師晝夜看守，我看那裏還能出什麼問題！」派恩説着揮揮拳頭，「就等海倫回來了，啊，我打個電話給海倫，看看她到哪裏了。」

門外傳來開門聲，門被推開，只見海倫背着一個包，走了進來。

「海倫，正要打電話給你呢。」派恩走了過去，「博士的寶物拿來了吧？」

「當然。」海倫説着把包放下，小心地從裏面取出一

個小罐子，「博士，一百克，全都拿來了。」

南森拿過罐子，打開蓋子，看着裏面的鋅顯形粉，派恩和本傑明一起衝過來，看着顯形粉，兩人的頭撞到一起，本傑明上去就推了派恩一把，派恩毫不示弱，反手推了本傑明一把。

「你們兩個，這個罐子就放在實驗室裏，你們看都不看，跑到這裏鬧起來了。」海倫站在一邊，沒好氣地説。

「今天晚上，我們就把這些顯形粉撒到各個大樓裏去。」南森用手捏起一點顯形粉，隨後鬆開手指，發着銀白色光芒的粉末被光線一射，很是耀眼。

晚上十點多，各個教學樓的人都走了，圖書館也沒有人了，宿舍的學生也都開始陸續休息了。南森已經和巡邏的魔法師們聯繫好了，他們來到學校，先是去了圖書館。在圖書館的門口，南森在門口的路面上散了一些鋅顯形粉，他特別讓這些顯形粉落進地磚的接縫處，這樣不會被風吹走，這些顯形粉也是有相當的附着能力的，散在接縫處，也看不出來，如果有魔怪或者巫師從這裏經過，那麼足底一定會顯露並散發出魔怪痕跡。因為顯形粉很少，魔怪或者巫師自己不會知道已經顯形，保羅則會接到鋅粉發出的反應信號，迅速趕來，十分鐘內，魔怪或者巫師的足底魔怪反應都會一直散發，找到它也就很容易了。

　　一百克的鋅顯形粉不多，南森他們在二、三號教學樓的門口都撒了一些，隨後本傑明和海倫發生了一些爭執，海倫說在學校餐廳門口也要撒一些，本傑明說魔怪不吃飯，巫師長久服用魔藥，也不喜歡食物，灑在餐廳門口沒有用，海倫說魔怪隱藏在教師和學生中，裝樣子也要去餐廳，否則會被人發現總是不去餐廳吃飯。最後，為了保險起見，南森還是在餐廳門口撒了一些鋅顯形粉。

　　最後一點鋅顯形粉被撒在了一號教學樓另一面的門口，艾德看守的這道門連接着連續發生兩宗案件的走廊，已經被封鎖了，現在學生們都用另一邊的門。最後的鋅顯形粉勉強夠用，這一百克鋅顯形粉基本能把控住學校所有的要道，如果那個魔怪或者巫師經過，一定會被保羅發現，而保羅不必在現場。

　　南森他們離開了學校，回到旅館，旅館距離學校不到五百米，鋅顯形粉出現反應的傳輸距離有八百米，南森他們可以非常安心地在旅館裏守候。

　　這個夜晚，保羅值班看守，當然大家並不奢望在這個晚上能發現什麼，現在是午夜時分，所有人都休息了，不過保羅晚上本來就不休息，他把電視調到了動畫頻道，聚精會神地看着動畫片。南森他們忙碌了一天，都休息了。

第九章　沒有回饋

第二天一早，南森他們都早早地起來。本傑明起來後，先是看錶，又是看着窗戶外面，他有些心神不寧的，派恩也一樣。八點以後，校園裏就會全都是師生了，那麼隱藏在裏面的魔怪或者巫師就極有可能現身，本傑明覺得保羅隨時會喊叫着說收到了信號，魔幻偵探們就要在今天出擊了。

如果有魔怪顯形的信號出現，南森他們在兩分鐘內就會到達學校。現在他們只是在耐心地等待，大家吃過早餐，派恩放下手中的杯子，看着牆上的掛鐘。

「八點多了，格納和西瑞爾在二號教學樓有臨時辦公室，現在應該上班了。」

「實驗室被燒了，本來說好的西瑞爾昨天也沒來，但今天他應該上班了吧？」海倫想了想說。

「海倫，你也認為魔怪不是格納就是西瑞爾嗎？」派恩興奮地問，「其實我們用顯形粉測試他倆就夠了。」

「要是他倆作案，那就過於明顯了，魔怪不會那麼傻。」海倫說，「我是想先排除他倆，我看格納先生不像

82

是魔怪。」

「那魔怪就是西瑞爾，費奇死了，西瑞爾應該來上班了。」派恩晃着頭説，「如果他還不來，我們就直接去找他。」

「你算是認定西瑞爾了。」海倫看看派恩。

「我現在只能認定他。」派恩的口氣很堅定，「儘管我還沒有見過他。」

「奇怪呀，現在校園裏一定忙碌起來了，第一節課都要開始了。」本傑明有些焦急地説，他看看保羅，「我説保羅，你沒有收到信號嗎？」

「收到會告訴你的。」保羅趴在窗台上，默默地看着外面。

諾里奇大學的校園裏，的確忙碌，新的一天開始了，早上第一節課是八點半，學生和老師們們匆匆走進各個教學樓，連續發生的兩宗案件對這個大學來説似乎沒什麼大的影響，除了一號教學樓封閉起來的一層，各個地方如舊。迪克等三個魔法師在校園裏巡視着，另外一名魔法師就在一號教學樓值班看守。

早上九點後，保羅仍然沒有收到任何信號，連保羅都有些着急了。海倫和派恩一起去了一次學校，他們還看了昨晚撒下的鋅顯形粉，銀白色的粉末嵌入磚塊接縫處，仔

細看能看到絲絲點點的銀白色光，但是無數人從各個通道走過後，沒有任何信號回饋到保羅那裏去。

「博士，我和海倫都問過了，也去偷偷觀察了……」派恩和海倫回來後，派恩就向南森匯報，「那個西瑞爾終於出現了，他個子很高，瘦瘦的，他進了臨時辦公室，但是……沒有魔怪顯形的信號傳出呢，否則保羅早就得知了。」

「我們這邊一切都好。」南森説，「沒有接收到信號。」

「也許他是從二號教學樓的後門進去的，那裏也有兩個門。」本傑明看看派恩。

「少年痴呆症。」派恩不客氣地瞪着本傑明，「現在距離昨天晚上我們撒鋅顯形粉還不到十二個小時，你全忘了嗎？二號教學樓的前門和後門我們都撒了顯形粉，除非西瑞爾是飛進樓裏的。」

「你急什麼？我就是問問。」本傑明也瞪着派恩，一臉嚴肅。

「好了，好了，也就是説西瑞爾也排除嫌疑了。」海倫制止着他倆的爭吵，「博士本來就説西瑞爾和格納是魔怪的可能性不大，否則也不用全校大搜索了。」

「我知道……」派恩有些無精打采地説，「那就等結

果吧，保羅，你可要認真呀，大家都等着你的通報了。」

「知道——」保羅有些不耐煩地拖着長音説，「我把我自己調成了震動模式，要是鋅粉傳來回饋，我自己就會震動起來，你們都能看到。」

時間一點點過去，整個上午，什麼回饋都沒有，保羅沒有震動起來。毫無疑問的是，目前的校園已經熱鬧起來，如果那個魔怪隱藏在其中，怎麼也要走動，一定會觸碰到鋅顯形粉，但是就是沒有任何回饋。

中午，大家匆匆吃了一些東西，他們其實都沒什麼心思吃飯，南森看上去還算是平靜，派恩一直是坐卧不寧。

整個下午，還是沒有什麼回饋傳來。本傑明躺在沙發上等待，不知不覺就睡着了。等他醒來的時候，看到南森正在和海倫説着話，保羅趴在窗台上，漫無目的地看着窗外。

「你們是不是都把魔怪抓住了？」本傑明明知故問地看看保羅，這句話算是在開玩笑，調節一下沉悶的氣氛。

「你可以繼續做夢。」保羅看都不看本傑明，只是動了動尾巴，「我震動起來的聲音很大，你聽到再醒來。」

「這個房間裏……」本傑明又看看四下，「好像缺了一個人，一個可有可無的人，我一時想不起來了，有沒有都無所謂……」

「派恩不放心那些鋅顯形粉，跑去學校裏看看有沒有被風吹走。」保羅知道本傑明說的是誰，「我都告訴他了，鋅粉的沉積和附着力都很強的，颳大風都很難被吹走，何況今天風和日麗。」

「希望來一陣大風，把他吹走，越遠越好。」本傑明說着站了起來，「一天到晚那麼多話，都打攪我破案的思維了，否則我早就抓到魔怪了……」

沒一會，派恩回來了。不用他多說，那些鋅顯形粉都「堅守崗位」，全都好好的，沒有被吹走。派恩說他還在校園裏轉了一圈，遇到了一個魔法師，什麼都沒有發現，也不知道鋅顯形粉最終能不能檢測出那個魔怪。

南森一直都很平靜，那樣子似乎是在度假。他不停地看電腦，時而和海倫商量着什麼，似乎也是在談論有關顯形粉的問題。

諾里奇大學下午五點所有的課都結束了，很多學生和老師就會離開學校。這樣的一天過去，沒有任何發現，第二天可能依舊是這樣。本傑明很着急，但是又不能做什麼，只能是更加着急。

第二天，一大早，南森就開始安撫本傑明和派恩，他倆一直都是不知所措的樣子。南森告訴他們這種等待是必要的，同時，自己這邊並不是完全在等着。

「⋯⋯昨天我和海倫商量了，這個學校還有些不起眼的地方，可能那個魔怪確實沒有去。」南森説着把一張列印好的諾里奇大學平面圖拿來，「有些校工可能就在自己的工作範圍內活動，並不在學校裏走動，還有些學生連續幾天不出宿舍，如果魔怪隱藏在這些人裏，我們撒的鋅顯形粉就起不到作用，所以目前我們有個解決方法，那就是把鋅顯形粉中的鋅物質變成鋰，鋰是世界上最輕的金屬，然後從空中投撒。我現在就帶着顯形粉，但鋰顯形粉和顯形粉不一樣，我帶着的顯形粉適合近距離戰鬥時潑灑，落地時間快，當場能使魔怪顯形，但是不能將魔怪反應傳輸出去，鋰顯形粉可以很長時間飄浮在校園裏，我們用大劑量的，能覆蓋全校，那麼無論那傢伙躲在哪裏，只要在八百米範圍內，保羅都能收到信號。」

「可以呀，可以呀——」本傑明和派恩都興奮起來，「那就快點找來鋰顯形粉呀。」

「這要我們自己煉製，我算了一下校園的面積，煉製的數量起碼五百克以上，這要花很多時間，不過這並不是最重要的。」南森語氣有些嚴肅，「我們的這個計劃完全可以實施，但是如果這個魔怪根本就不在校園裏，再怎麼撒顯形粉，也不會找到它。根據我的分析，現在也有一種可能，那就是魔怪知道我們在調查它，離開了學校，所以

今天中午沒有任何回饋回來，我們先要調查一下這兩天誰突然離開學校，這是首要的方向。」

「這個可以很快查出來的。」派恩摩拳擦掌的，「這傢伙在躲避我們，把學校請假不來或者根本就沒有請假就不來的人找出來，我們重點追蹤清查。」

「現在就去問，不用再等到中午了吧。」本傑明比派恩更着急。

「一步步來，我們自己不能先慌了手腳，這裏面的頭緒是可以理出來的。」南森耐心地説。

「博士，我明白你的意思，只要我們認定魔怪就藏身在這所學校裏的這個方向是正確的，那麼我們選擇各種不同的辦法，都一定能把魔怪給找出來，即便是它這幾天躲避我們沒來，也能把它找出來，因為無論如何它都和這所學校有聯繫，對吧？」本傑明有些激動地説。

「沒錯。」南森點點頭，他微微一笑，「兩種可能都要有辦法應對，如果魔怪躲避出去，我們就展開追蹤，如果就在學校裏，並由於某種原因不怎麼活動，就用鋰顯形粉找出來。不過要是煉製鋰顯形粉，那可是要有幾天時間呢，你們這個耐性……等得了吧？」

「沒問題，只要有明確的方向，等幾天沒什麼。」本傑明和派恩搶着説，本傑明看看南森，「我們不着急，

我、我們就是有點着急⋯⋯」

「到底是着急還是不着急。」海倫笑了起來,「其實着急也沒什麼錯,但是要想辦法,昨天我和博士商量這些辦法的時候,你在沙發上睡覺。」

本傑明很是不好意思地笑了起來。派恩對他做個鬼臉,本傑明則對他吐吐舌頭。

　　「中午過後，先進行第一步，看看有沒有突然就不來甚至失蹤的人。」南森看看牆上的鐘，「運氣好的話，也許上午保羅就能收到信號。」

　　「你們就等着我震動吧。」一直在窗台上沒怎麼説話的保羅起身站在了窗台上，「猛地震動起來，我會掉下來，這時候就説明那個魔怪出現了。」

　　「現在，我要去列一下煉製鋰顯形粉的魔藥配方了，萬一這幾天沒來的人中還是沒有魔怪，最終還要用鋰顯形粉覆蓋學校。」南森説着走向電腦，「如果能在這裏找到配方，就讓迪克找個地方，我們來煉製，不行就回偵探所去，反正也近……」

　　南森走到了桌子那裏，打開電腦，找出煉製鋰顯形粉的魔藥配方。海倫走過去，南森會把這些配料列印下來，如果迪克能幫忙找到全部配料，那是最好的，但是其中幾種配料很難找到，不過偵探所裏倒是有。

第十章　曠課行為

中午到來，保羅沒有猛地震動起來，什麼反應都沒有傳輸過來。南森打電話讓迪克去學校的教務處，收集最近兩天所有缺勤不到校的教師、校工以及學生的資料。

諾里奇大學的學生和教師、校工等將近五千人，要把這幾天缺席的名單整理出來，是要不少時間的。南森把鋰顯形粉的配方列印了出來，圈出其中幾個關鍵配方，又打電話給迪克，不出所料，這些配方在諾里奇很難找到。

「如果是這樣，我和海倫去倫敦煉製鋰顯形粉，你和派恩留在這裏。」南森想了想，「還有老伙計，也要留在這裏，如果收到回饋，你們先去鎖定目標，然後告訴我，我們馬上趕來。」

「沒問題，你們回去煉製顯形粉，這邊我來負責。」本傑明説着看看派恩，比劃着，「博士走了以後，你要聽我的！」

「為什麼？我只聽博士的。」派恩叫了起來，他瞪着本傑明，「我才不會跟着你轉呢⋯⋯」

「你們可以互相建議。」南森連忙制止他倆的爭執，

91

「噢，説實話，讓你們在這裏，我還有點不太放心呢。」

這時，南森的電話響了，他連忙接聽，電話是迪克打來的，他就在教務處，各個學系都接到教務處的通知，把這幾天所有請假人員的名單列出。

「……全部整理完要到下班前了，現在還早呢。」電話裏，迪克的聲音傳來，「但是你和我説過，如果發現這兩天和兩宗案件相關的人也請假，先向你報告……」

「有這樣的人嗎？」南森立即問。

「赫伯特和伊恩，物理系學生，也就是科夏普教授遇害的目擊證人，前天晚上就請假了。」迪克説，「我現在拿到了物理系教師和學生的請假名單，兩人昨天早上都不見了，請假原因是去看病，我了解了一下，他們直到昨天晚上才回來，所以我馬上把這個消息告訴你。」

「他們現在在哪裏？」南森連忙問。

「今天正常上課，不過他們上午沒有課，都在宿舍裏。」迪克説。

「迪克先生，你把守住宿舍大門，我們馬上去。」南森説着就掛上了電話，他看看圍在身邊的小助手，「科夏普案件的兩個目擊證人昨天白天都不在學校裏，前天晚上就請假了，昨晚回到宿舍裏了，今天早上也沒去上課。」

「就是他倆了，埋得真深呀，我們面對面都沒發現

92

他倆是魔怪。」派恩很是興奮，「看上去是前天晚上就跑了，所以我們撒的顯形粉沒有用呀。」

「可是他們還在宿舍呢，進入宿舍的時候怎麼沒被顯形粉測出來？」海倫很是疑惑地說。

「那誰知道呀，一定是手段高超……」本傑明說。

「要去看一下，了解一下情況。」南森說，「都做好應戰準備，他們在宿舍裏，這個時間宿舍裏的學生不會很多，但是也要注意傷及無辜……」

南森他們出了旅館，向學校跑去，很快，他們就來到了學校宿舍門口，迪克先生在那裏等着，他也有些興奮。

「我們四個魔法師守住了這幢宿舍樓的四面，另外三個魔法師在周圍。」迪克看到南森就說。

「我們這就上去。」南森點點頭，「幾號房間？」

「319房間，兩個人的房間，他倆都在裏面，是室友。」

南森他們上了樓，來到319房間門口。

「殺他，殺了他——」319房間門口，傳來一個聲音。

本傑明一驚，一下就推開了門，他用了很大力氣。如果房門是鎖着的，也會被推開，門鎖一定會斷掉，不過「咣」的一聲，門沒鎖，但重重地撞在牆壁上。

93

「住手——」本傑明衝進去就大喊一聲。

赫伯特坐在桌子前，伊恩站在他身後，赫伯特手裏拿著一個鍵盤，面前是一台電腦，電腦裏的動畫人物正在交戰，看上去他們在玩電腦遊戲。聽到門的巨響，看到南森他們衝進來，兩人都愣住了。

「你們——」南森皺著眉頭，「在玩遊戲？」

　　「南森先生，你們……有事嗎？」赫伯特瞪着眼睛，一臉疑惑。

　　保羅已經衝到窗口，轉過身來，他把守住了從窗口逃走的路線，隨即雙眼射出兩道紅光，照射兩人，赫伯特和伊恩更加吃驚了，有些手足無措。

　　「博士，正常人類。」保羅的口氣有些遺憾。

「什麼呀，什麼正常人類。」伊恩似乎有些生氣了，不高興地説。

「兩位，打擾了，有些事情我想向你們了解一下。」南森稍微鬆了口氣，他身邊的幾個小助手，都很疑惑，但是沒有那麼緊張了。

「科夏普教授的事嗎？我們都和你説過了。」伊恩説。

「不是，是有關你們的。」南森先是擺擺手，「前天你們請過假對嗎？昨天很晚才回來，我想知道，你們昨天去哪裏了？是去看病了嗎？」

兩人聽到南森的話，全都愣住了，隨後互相看了看，全都一臉的不解，不過他倆誰都不説話，只是坐在那裏。

「我只想知道原因，你們必須回答我。」南森嚴肅地看着他倆。

「我……我沒想到，你們魔法偵探也管這種事？這不是本校教務處管的事情嗎？」赫伯特似乎被南森嚴肅的表情驚嚇到了。

「請直接説，説實話。」南森一字一句地説。

「和你説也沒什麼關係，但是你不要去教務處説，這關係到我們的學業。」赫伯特做了一個乞求的手勢，「我們其實……曠課了，請假看醫生是假的，我們去了法國，

法國的里爾……」

「去法國了？」南森的眉毛都擰在了一起。

「曼聯和里爾的歐洲盃半決賽，里爾的主場，我們去給曼聯加油了，我們都是曼聯的忠實球迷，從六歲就開始看曼聯的比賽了，這麼重大的比賽，我們不能不去，但是昨天是個周三，我們有課，所以請了假，說我陪同伊恩去看病，其實當天早上我們六點多就走了，先去了倫敦，乘坐歐洲之星號去了里爾，晚上六點比賽，看完後我們就回來了，快到凌晨才到。」赫伯特慢慢地解釋説，「就是

這樣,是的,我們説謊了,我們去看了曼聯的比賽,二比二,打平了。」

「我覺得曼聯主場可以勝,起碼二比零……」伊恩突然插話説,他似乎對自己的曠課行為毫不在乎。

「三比零,我感覺是這個比分……」赫伯特連忙説。

「等等,你們去看了曼聯的比賽,有人作證嗎?」南森打斷了赫伯特的話。

「當然,我們是曼聯球迷會的,當天去了三千多個曼聯球迷,不過我們不全都認識,但是三十人給我們作證沒問題,和我們一起回諾里奇市的就有二十多人。」赫伯特很是自信地説,「我不知道你要調查什麼,但是這就是我們昨天的活動,你可以去調查,我們能把這些人的電話告訴你們……」

「我倒是理解球迷的忠心……今天上午你們怎麼沒去上課?」南森忽然又問道。

「今天上午沒課呀,今天的課一點半開始。」伊恩接過話,「我們也可以把課程表給你看。」

「不用了……」南森擺擺手,「你們確實是忠實的球迷呀。」

「那當然,這十多年來曼聯的比賽我們一場不落。」伊恩很是自豪地説,「我們永遠支持曼聯,我們永遠和曼

聯在一起……」

「説實話，你們以前也這樣幹過吧？曠課去看比賽。」南森忽然笑笑説。

兩人互相看看，全都笑着點了點頭。

「有什麼事發生吧？你們懷疑我們？和科夏普教授遇害案件有關嗎？」伊恩開始反問南森了。

「確實有關案件，不過你們沒什麼嫌疑了……」南森擺了擺手。

「哎，不是他們。」派恩明顯被打擊了，他的語氣充滿了無奈，「線索又斷了。」

「線索更明確了。」南森看看幾個小助手，「我們現在就走，我鎖定目標了。」

第十一章　灌木和小樹

南森的話像是晴天裏的一聲驚雷，大家全都瞪大眼睛看着南森，南森對赫伯特和伊恩點點頭，向外走去。

「南森先生……」赫伯特連忙走過來，「我們去看比賽的事，請不要去和教務處說，確實會影響我們的學業，我們就要畢業了，其實我們一點都沒有耽誤學習，我們的成績很優秀……」

「但是說謊不好，今後不要這樣了。」南森認真地說，「我不會去說，因為你們的話讓我有了思路，案件有眉目了，可以說你們有很大功勞，其實晚上看電視直播也不錯……」

南森帶着大家離開了宿舍樓，他們來到宿舍樓旁邊的一塊空地上，南森把迪克和另外三個魔法師也一起叫來了。小助手們都很着急，不知道南森發現了什麼。

「我知道你們想知道什麼……」人都湊齊了，南森小聲地說，「艾德，就是那個看門人，他的嫌疑最大，一開始他就在騙我們……海倫，你們剛才感覺到忠實球迷那種狂熱程度了吧？」

「是的，我也喜歡看球賽，我很理解。」本傑明搶着
説。

「艾德自稱是超級球迷，不管他是哪個隊的球迷，這
不重要，關鍵是，赫伯特和伊恩説了，科夏普教授遇害當
晚八點，英超聯賽所有球隊一起開賽，這樣算下來，八點
比賽，八點四十五上半場比賽結束，休息十五分鐘，九點
左右下半場開始，九點四十五左右比賽結束。」南森沉穩
地説，「艾德説自己九點去了門口，在門口活動了半個多
小時才回去，哪裏有超級球迷在自己喜愛的球隊比賽的時
候不看直播而在外面活動的？他完全是在撒謊，他用只看
體育版新聞來掩蓋知道我們的事實，好像他從不關心魔法
這方面的事。」

「對呀，這解釋不通呀。」派恩激動地比劃着，「我
和我爸也都喜歡看球，看比賽的時候眼睛一直盯着電視熒
幕不動，電話來了都不想接，不可能一出去就半小時，比
賽總共才多少分鐘呀。」

「這件事我確實有所疏忽，當時沒有全面分析他的
話，直到剛才赫伯特和伊恩這兩個真正的球迷説出他們曠
課也要去看比賽，提醒了我。」南森繼續説，「艾德説的
那團綠光，也是想把我們的視線引開，他故意説得含糊不
清，但是想表達的意思就是教授窗外有魔怪，讓我們不會

懷疑到他。如果我們把整件事排序一下，很多問題就能解決了。首先，作為看門人的他了解化學實驗室有珍稀原礦石，然後前往盜竊，每次偷走一點，偷取時他一定採用了魔怪手段，留下了痕跡，但是這點被業餘魔法愛好者科夏普教授發現了，所以他就殺了科夏普教授。」

「實驗室被燒也能解釋通了。」海倫跟着推斷道，「我們去實驗室查詢珍稀原礦石的事，除了格納和費奇知道，艾德也知道的，我們進大門時他就在看門人的房間裏，離開的時候也經過那裏，他能知道我們去實驗室幹什麼了。」

「還有，還有，我們的鋅顯形粉數量少，我們覺得這裏有魔法師值班看守，根本就沒有在教學樓的這個門口撒下鋅顯形粉，艾德就沒有被發現。他晝夜在這裏看門，飯菜都是餐廳送來的，所以也沒有在校園裏走動，也就沒有被鋅顯形粉給探測出來。」本傑明跟着説，大家都點着頭，認可他的推斷。

「現在看⋯⋯保羅的魔怪探測信號覆蓋了教學樓，他就在裏面，如果沒有被測出來⋯⋯」看到海倫和本傑明都有被認可的推斷，派恩着急地比劃着説，「那他就是一個魔力極高的魔怪，隱藏了反應，或者是個巫師。」

「巫師的可能性最大。」南森説，「沒必要再調查

了，我們現在就去抓住他，迪克先生，他一直在教學樓裏吧？」

「是呀，他還幫着看守現場呢。」迪克恨恨地説道，「那裏只有他沒有撤走，早上我去那裏巡邏，還和他説了幾句話呢，一點沒看出來呀。」

「我被叫到宿舍樓來之前，一直在教學樓那裏值班看守，艾德在看門人的房間，我在數學教授的辦公室裏。」一個魔法師跟着説。

「你們在周邊組織一個包圍圈，教學樓的四面都要圍起來。」南森看看迪克，「我帶着小助手進去抓捕，這次根本就不用詢問了，我能確定就是他，抓到他用顯形粉一試就能知道。」

南森他們一起向教學樓走去，此時的校園裏都是人，如果撤離學生，會引起艾德的注意，南森特別叮囑迪克守好教學樓四周，一旦自己這邊抓捕不順利，不能讓艾德再逃出周邊的包圍圈。

到了一號教學樓前，迪克等魔法師立即散開，佔據了周邊區域。南森看看幾個小助手。

「就像前些天那樣，假裝去實驗室。派恩，你守住房間的窗戶，要是他從那裏逃走就攔截。」南森邊走邊小聲地説，「海倫、本傑明，跟我進樓。老伙計，不要輕易使

用追妖導彈，學校是人員密集區域。」

他們來到了教學樓大門，本傑明努力使自己像平常的樣子，其實內心激動不已，而且他知道，艾德隱藏得這麼深，無論是魔怪還是巫師，他都是一個非常厲害的角色。

派恩站在了門口，沒有進去，他故意向房間的窗戶靠近，他也很激動，如果自己這道防線被突破，那就只能指望身後幾十米外的迪克了。

南森他們進了大樓，剛進去，艾德就把頭探出能看着人員出入的窗口，看到是南森他們，點了點頭，南森也點點頭，隨後帶着本傑明和海倫一起向裏面走去。

南森他們直接走了進去，轉到走廊上，到了看門人的房間門口，本傑明站住，貼着牆壁向觀察出入的窗口靠近。南森和海倫站在門口，互相看了看，南森點點頭，隨後猛地一推門，門開了，南森衝了進去，海倫隨後跟上。

艾德就在裏面坐着，看到南森突然衝進來，嚇了一跳。緊接着，本傑明出現在觀察出入的窗口，看着裏面。艾德連忙起身向後靠。

「你們、你們——」艾德擺着手，一副不知所措的樣子。

「你是一個巫師——」南森衝上去，抓向艾德的胳膊，「別想着抵賴了——」

　　「啪──」的一聲，艾德的手一擺，把南森的胳膊打開了。此時，一切都顯露出來了，南森剛才使用的是魔法師抓捕的力道和速度，普通人根本就撥不開南森的手，即便是一個重量級拳擊手也一樣。南森的手臂被撥開，他頓時明白艾德就是一個很有魔力的傢伙。

　　狹小的空間裏，海倫擠了過來，她對着艾德就是一拳，艾德伸手一擋，另外一隻手直接打了過來，海倫連忙躲避，但是身體擠在牆壁上，被艾德打中，叫了一聲，猛退幾步。

　　「巫師——巫師——」保羅跳到桌子上，大叫着，「抓住他——」

　　南森掄起雙臂，恨恨地砸向艾德，艾德同樣無法躲閃，用手臂去擋，「啪——」的一聲，艾德沒有抵抗住南森的重擊，他慘叫一聲，當即被砸倒在地。

　　南森順勢去按住艾德，艾德滾了一下，隨即爬起來。他慌忙中向南森推出手掌，兩道短促的白光射向南森，南森用手一撥，撥開那兩道光。

　　海倫衝上去，飛起一腳，踢中了艾德，艾德慘叫一聲，靠着牆壁轉了轉身體，他向本傑明這邊的窗口看了看，發現本傑明正在瞪着自己，他知道這個通道被封鎖住了。本傑明守在窗口那裏，這是他的崗位，他的任務就是把守住這裏。

　　「嗨——」艾德大喊一聲，雙掌再次猛地推出，兩股強風猛地推向南森和海倫。

　　南森和海倫用力站住，強風把海倫的頭髮都吹得飛了起來了，不過兩人使用定力站在那裏，並沒有被吹倒，只

有保羅被風吹得倒退幾步，但是隨即也站穩。

艾德轉身就向外逃，他跳上窗台，身體一撞，裝着鐵欄杆的窗戶「咣」的一聲，整體被撞開，碎玻璃濺落了一地，艾德則從地上翻滾着爬起來，他的臉上有些被碎玻璃扎破的地方，血滴了下來。

「嘭——」的一聲，艾德的腰部被踢中，他翻身倒地。踢倒他的是派恩，派恩已經在這裏等了一會了，他聽到裏面的打鬥聲，就等着艾德出來了。

本傑明從大門口飛奔出來，南森和海倫先後越上窗台，保羅也跳了出來。

艾德慌忙爬起來，派恩又是一腳踢來，艾德連忙躲開，南森和海倫出現在了他的身後，本傑明出現在他的左邊，艾德被包圍了，他看看四周。

「你跑不了——」海倫喊道。

「唰——」的一下，艾德手一揮，身體向旁邊的灌木叢一躍，不見了。這些灌木是一長排的，順着大樓延伸，起到綠化美觀作用。

南森他們先是一愣，南森看着那些草叢，猛地，南森一腳踢向一株灌木，所有灌木的根部都間隔一米，只有這株灌木在兩株相距一米的灌木中間，沒有風，卻不停地顫動，那就是變化成灌木的艾德在發抖。

　　這株灌木被南森踢中之後，慘叫一聲，連根拔起，掉落在十幾米外的地上，灌木原地消失，艾德則呻吟着出現，隨後爬了起來。

　　南森他們追了過來，迪克也衝了上來，艾德無處躲藏，追上來的本傑明一拳打來，艾德連忙閃身，隨即身體向前一跳，「唰」的一下，又不見了。

　　南森他們全都愣住了，艾德完全消失在空氣中了，大家看向四周，前面有幾棵小樹，身後是那一排灌木，這些灌木全都整齊排布，沒有艾德變化成的灌木。

　　「去哪裏了——」派恩急得大喊，「怎麼一下就不見了——」

　　「好像飛到前面了。」本傑明指着艾德縱身飛躍的方向說。

　　大家向前面跑去，跑了十幾米，往遠處看，什麼都沒有，近處也只是有一些草木。

　　「隱身了嗎？」派恩急得轉來轉去，「怎麼看不見了。」

　　南森已經取出了顯形粉，準備在四周潑灑一下，如果艾德又像剛才那樣變成了什麼，只要沒走遠，就會被顯形粉識別出來。這時，海倫回身看到，一棵小樹正在向教學樓那裏奔跑，的確是一棵樹在奔跑，樹的根部像是人類的

腳，頻率極快地擺動着。

海倫愣住了，驚叫一聲，大家轉身，也看到了奔跑的樹，南森明白，剛才艾德變成了一棵小樹，而那幾棵樹都是不規則地長在一片空地上，大家因為事先沒有在意，所以那裏多出一棵樹，誰也不知道。

那棵樹沒有跑遠，而是向教學樓的房間跑去，跑到被撞開的窗戶那裏，小樹轉瞬間就變成了艾德，艾德跳上窗台，又鑽回到了自己的那個房間裏。

這次是本傑明和迪克，飛奔着已經衝了過去，南森他們隨即跟上，本傑明第一個跳到窗台上，看到艾德就在房間裏，他把牀下的箱子拉了出來，似乎要拿什麼東西。

第十二章　兩個本傑明

「艾德——」本傑明大叫一聲，跳了進去。

艾德看到本傑明跳進來，趁着他立足未穩，站起來一拳打上去，本傑明被擊中肩膀，身體飛起來撞到牆壁上，不過迪克跟着就跳下來，一腳踢中了艾德，艾德大喊一聲，也撞在牆壁上。

「嗖——嗖——」艾德向迪克射出兩道閃光，迪克連忙躲避，此時，海倫也站在了窗台上。

艾德趁迪克躲閃之際，拉開房門衝出房間，他轉向大門口，想從那裏逃出去，但是派恩出現在大門口了，迎面擋住艾德。派恩的身後，保羅也跑過來，躬着身子，牙露出來，瞪着艾德。

艾德轉身就跑，他跑上了長長的走廊，他想從走廊的盡頭穿越窗戶跑掉，他的身後，南森已經追了上來。

前面就是走廊盡頭，這時，那裏的窗口有個人頭一晃，那是把守那一面的魔法師。迪克已經用對講機通知他守住窗口，他正伸頭向裏面看，這個魔法師看到了迎面跑來的艾德，艾德也看清了他，知道這條路也被封鎖了。

　　艾德轉身衝進一個房間，這個房間正是被燒毀的化學系實驗室，實驗室開着門，但是門口拉着警戒線。南森緊跟進去，艾德向窗口跑去，南森知道他又要撞開窗戶逃走，對着窗戶一指。

　　「無影鋼鐵牆——」南森唸出一句魔法口訣。

　　一道無影無形的鋼鐵牆頓時豎立在窗戶前，艾德果然故技重施，飛身上窗台，隨即對着窗戶就撞了上去。

　　「噹——」的一聲，艾德的身體狠狠撞在無影鋼鐵牆上，他大叫一聲，從窗台上掉落下來，摔在了地上，隨即又不見了。

　　南森一愣，他是看着艾德從窗台上掉下來的。南森的身後，迪克和小助手們也都趕到。地面上，只有一灘灘面積不大的積水，那是實驗室被毀那天消防員滅火後遺留的積水，基本清理了一遍後沒有全部乾透，還有一個個的小水漬，大大小小有二十幾個。

　　房間裏的櫃子全部都撤走了，只有那些水漬，南森看着滿地的水漬，點了點頭。他手指着那些水漬。

　　「我明白他的招數了，變形巫師……」南森說，「他就是這些水漬中的一個……」

　　「是哪個？是哪個？」派恩飛奔上去，一腳踩在一塊水漬上。

「沒有用的。」南森說道，他拿出了顯形粉，不過隨即收起了顯形粉，「我們來試一試另一個辦法……大家先站到四周，靠着牆壁……」

聽到南森的話，大家都站到房間的四周，緊貼着牆壁，他們都看着南森，南森則看着地板上的那些水漬，水漬都呈圓形或橢圓形，最大的直徑有二十厘米，最小的不到十厘米。南森的手突然伸出。

「高温升騰——」南森唸了一句魔法口訣。

只見地面之上，出現了一個基本透明的氣團，覆蓋了大部分地板，距離地板有一米多，氣團的邊緣距離牆壁不到一米的距離，沒有接觸到海倫他們。氣團生成後隨即開始升温，而且越升越高，氣團中還有烈焰翻騰着，一閃一閃地發出金黃色的火焰光芒。大家都緊靠牆壁，避免被氣團灼傷。整個房間裏也是温度上升，高温使人難以忍受，但是大家都看着地面，忍耐着高温。

地面上的水漬，開始蒸發，不到半分鐘，小的水漬全都蒸發乾了，另外幾個大的水漬也基本蒸發完畢，蒸發的水漬升騰着白色的水霧，唯獨有一個大概直徑有十多厘米的水漬，邊緣在顫動，但是沒有一絲的蒸發。

「就是那灘水——」本傑明和派恩一起指着那個水漬，興奮地高喊，但是氣團還在，而且氣團的温度極高，

大家沒辦法衝過去。

南森鎖定了目標，他收起氣團。這時，保羅第一個衝上去，對着那股氣團叫着，南森隨即衝了上去，那股氣團立即彈起，恢復成了艾德的模樣。艾德依舊想從窗戶衝出去，但是海倫就在這邊，大家早就形成了一個包圍的態勢。看到艾德跑來，海倫迎上去，一拳打在了艾德身上，艾德慘叫一聲，撞到了牆壁上，本傑明上去就抓住了艾德的手臂，艾德奮力扭身，擺脫了本傑明。

「你跑不了——」本傑明縱身上前，再次去抓艾德，艾德連忙又躲。

「來、來、來，你看着這房間裏有什麼，也就是窗戶了，你再變個窗戶，一個窗框上立着兩個窗戶，哈哈哈——」本傑明嘲笑起來。

艾德已經被從四面包圍，派恩直接把守住窗戶，迪克在門口方向，他的逃生通道全部被堵住。忽然，艾德感到一陣疼痛，低頭一看，保羅咬住了他的腿，他連忙一甩，甩開保羅。

看到艾德再被包圍的情況下還是不肯就擒，南森衝上來，一拳打在艾德身上，艾德橫着飛了出去，摔倒在地上，海倫上去又是一腳，不過踢空了。海倫的手裏已經拿着綑妖繩，找機會綑住他，艾德也看到了海倫手中的綑妖

繩，反抗更加激烈了，但是他一個人很難抵禦這麼多魔法師。南森上來又是一掌，他被打得仰面倒下，用力地站起來，但是沒有成功。這時，本傑明上來就用手按住艾德，艾德一滾，躲到一邊，隨後站起來，但是剛站起來就被本傑明抓住一條胳膊，他再用力拉，想甩開本傑明，但是這次沒有成功，艾德本身也沒什麼力氣了。

　　「哈哈，你跑不了——」本傑明很是得意地說。

　　一邊，海倫拿着綑妖繩過來了，艾德扭了兩下身子，還是沒有擺脫本傑明，他扭頭看着本傑明，就在海倫準備綑綁他的時候，艾德不見了，本傑明抓着的是另外一個「本傑明」，和自己長得一模一樣，穿衣和身高也一樣，就像是一對雙胞胎。

　　「啊——」本傑明頓時就愣住了，海倫也愣住了。

　　另外一個「本傑明」反手就拉住了本傑明，隨後抱住他，開始轉圈，轉了幾圈後，「本傑明」鬆開了本傑明，兩人在原地站着，都是一副吃驚的樣子，兩人還互相看了看。

　　「你這個騙子——」左邊的本傑明指着右邊的本傑明大聲說，「你冒充我——」

　　「你這個騙子——」右邊的本傑明指着左邊的本傑明大聲說，「你冒充我——」

　　大家全都愣住了，眼前的兩個本傑明完全一樣，大家都知道其中一個是假的，是艾德變化出來迷惑大家的。這個艾德確實狡猾，在逃跑無望的情況下想出了這樣一個辦法。

　　南森連忙把顯形粉從口袋裏掏出來，準備潑灑向兩個本傑明，他把手一揚，顯形粉脫離手心撒了出去，但是剛撒出去也就幾厘米，左邊那個本傑明一抬手，一道光射出去，正好打在顯形粉上，「轟——」的一聲，打中顯形粉的那道光爆炸了，顯形粉被炸得在空中四散並紛紛落地。這時，左邊的本傑明立即拉着右邊的本傑明，身體向後躲開顯形粉的粉末，兩人靠在了牆壁上，隨後左邊的本傑明抱住另一個本傑明再次轉圈，右邊的本傑明掙扎着，但是幾下後，兩個本傑明互相分開，大家又被迷惑住了，還是分不清哪個是真的本傑明。

　　「你這個巫師——」左邊的本傑明看到識破巫師的顯形粉都毀壞了，非常生氣，臉漲得通紅，他一拳打向右邊的本傑明，「你可真狡猾——」

　　「你這個巫師——」右邊的本傑明用手擋了一下，隨即一拳打上來，「你這個騙子，你敢變化成我的樣子——」

　　兩個本傑明打在一起，南森他們知道他倆中有一個是真的，連忙衝上去，南森和派恩拉着一個本傑明，迪克和

海倫拉着另一個本傑明，大家把兩人分開，此時只能讓他們先不要接觸。

保羅站在他們中間，先是用眼中射出的紅光掃射着左邊的本傑明，然後掃向右邊的本傑明。

「啊——沒用——沒用——」保羅激動地跳着，隨後看看南森，「有一個是巫師，巫師本身也是人，只能用顯形粉測出巫師服用魔藥顯示出來的魔性，我現在測不出來——」

「博士——我是真的本傑明——」左邊的本傑明説着，看看南森，隨後看着海倫，「海倫，你知道的，我以前最喜歡和你吵架——現在我最喜歡和派恩吵架——」

「博士，我是真的本傑明，我以前喜歡和海倫吵架，吵得你們頭都大了，現在我喜歡和派恩吵架，你們的頭也大——」右邊的本傑明跟着説。

「啊呀，都對，都對。」海倫急着喊，「你們哪一個才是呀——」

「博士，我是牛津大學捉妖系畢業的，海倫他們劍橋的不行……」左邊的本傑明激動地喊起來。

「哇，這個時候還要詆毀我們學校——」海倫大喊着，「博士，我看他是真的——」

「博士，我才是真的，我是牛津大學捉妖系畢業的

120

呀，劍橋大學哪一方面都不如我們——」右邊的本傑明也喊道，「這在我們魔法界誰都知道呀……」

「你亂説，我們劍橋的比牛津的厲害多了。」海倫抓着右邊的本傑明，聽到他這樣説，用力地搖晃他，「博士，我看他也是……真的……」

「你、你這個騙子，你跟我學——」左邊的本傑明急了，胳膊被架着，伸腿就是一腳，但是沒有踢中，南森和派恩連忙把他往一邊拉了拉。

「誰是騙子？你才是！你説的這些報紙上都有報道，電視上也有。魔幻偵探所可是很有名的。」右邊的本傑明毫不示弱，「你説的大家都知道……」

「博士，我是本傑明——你不要被騙了——」左邊的本傑明很是委屈地説，隨後看着海倫，「海倫，你看看我，我才是——」

「海倫——我才是呀——」右邊的本傑明也是一臉委屈，「你先來偵探所，然後我才來的——然後才是派恩那個笨蛋——」

「哇——哇——我是天下第一超級無敵魔幻小神探——」派恩不高興了，隨後看着南森，「博士，哪個是真的呀？」

「要不……」迪克想了想，看看南森，「我們把他們

分開，每個都問，問多了問題就知道了，總有媒體沒有報
道的事。」

「這恐怕不行。」南森搖搖頭，「這可能是巫師想要
的結果，一旦分開，就變成兩個人對付一個，巫師一定武
力抵抗，找機會逃走，現在我們人多，能形成一個強大的
包圍圈。」

「那把外面的魔法師也叫進來？」迪克又急着問。

「還是讓他們守在周邊好。」南森説，他忽然微微笑
了笑，「會有辦法的。」

「博士，問我問題呀，我可以小聲地告訴你，我
是真的本傑明——」被南森和派恩拉着的本傑明急得直
跳，「博士，你相信我呀，派恩，你這個笨蛋也要相信
我——」

「根據你説的這句話，我相信你。」派恩説，「別
人説不出這麼愚蠢的話，你這愚蠢的傢伙最愛説我是笨
蛋。」

「海倫，你相信我呀——」被海倫和迪克拉着的本傑
明也很着急，「派恩是笨蛋，可是你不是呀。」

「噢——我又相信你了——」派恩看着對面那個本傑
明，倒是有點不知所措了。

「現在，你們這兩個本傑明都聽好題目，我要出題

123

了。」南森先是看看左邊的本傑明，隨後看看右邊的本傑明，「我出了題目後，會先問一個，再問一個，一個個回答，不能搶，聽明白了嗎？」

兩個本傑明一起點着頭。

「這次我們來諾里奇，海倫有一次自己跑出去，回來的時候拿了一個玩具，是她在遊樂園玩射箭遊戲得到的獎品，請問那是一隻玩具狗還是一隻玩具熊？」南森拉着左邊的本傑明，眼睛看着右邊的本傑明，「你先來回答。」

「時間過了幾天了，我記憶有點模糊，我不太在意那些玩具，但是我覺得我還有些記憶，海倫拿回來的應該是⋯⋯」右邊的本傑明看着南森，「玩具狗⋯⋯啊，是玩具熊，是熊⋯⋯」

「很好，很好。」南森笑了笑，然後對拉着他的海倫點點頭，「現在我問另外一個本傑明⋯⋯」

「不用問了──」左邊的本傑明大聲喊道，「那天拿回玩具熊的，是笨蛋派恩，不是海倫──」

左邊的本傑明話音未落，海倫已經用綑妖繩綑住了右邊的本傑明，被綑妖繩這種有魔力的繩子綑住，魔怪或者巫師再想憑空消失就很難了。右邊的本傑明聽到另一個本傑明的話，先是一驚，隨即發現自己被綑住，掙脫了兩下，但是根本就無法逃脫。

第十三章　對比變化術

「艾德，別裝了。」南森已經鬆開了本傑明，派恩也一起鬆開，衝向對面的本傑明，幫着海倫和迪克一起抓着他，「也不用想什麼壞主意了，你跑不了，變回來吧，變身也很耗費魔力的。」

被綑妖繩綁住的「本傑明」身體鬆軟下來，隨即，他的模樣變回艾德。

「你敢冒充我——」本傑明上去拉住艾德，用力地開始搖晃。

南森把本傑明拉開，他先是看看四周，然後盯着艾德。

「你扔燃燒瓶，把費奇在這間房間裏燒死了，那麼就在這間房間裏問問你做的那些事⋯⋯你最好能如實説，我們只是核實一些細節，能把你抓住，就是因為知道你是誰和你都做了什麼。」

艾德垂頭喪氣的，沒有説話，他頭上有汗滴了下來，他的心虛，他的絕望，誰都能看出來。

「你是一個隱藏很深的巫師，我説得沒錯吧？」南森

125

首先問道，「在哪裏學的巫術？多少年了？」

「三十多年前學的，跟一個巫師學的，他後來被魔法師抓住了，受了重傷，死了。」艾德低着頭説，「我都説出來，你們和魔法師聯合會説一説，放過我吧，我也不想害人的⋯⋯」

「兩條人命，還説不想害人！」南森瞪着艾德，「我看你是害人不夠，殺了一個又一個，你以前也殺過人吧？」

「我沒有呀，絕對沒有呀，就他們兩個。」艾德大叫起來，「你們可以去查呀，我真的不想殺人的，你聽我説呀，我⋯⋯」

「你是怎麼到這裏的？你是怎麼知道化學系實驗室有珍稀原礦石的？」南森根本不想聽艾德的荒唐解釋，繼續問。

「我煉製魔藥的時候，買不到珍稀的配方，六、七年前，無意中聽到這所大學的化學系實驗室買到很多珍稀原礦石，知道這裏藏有原礦石。我想過來偷，但是不知道這裏具體有什麼原礦石，是不是自己在找的那些，也怕偷了以後被發現，就沒下手。五年前，我看到招聘啟事，這裏的看門人退休了，要招收一個看門人，我覺得是大好機會，就來應聘。我會魔法，給招聘的人演示了一些我的搏

擊術，他們很滿意，我就應聘進來了。」艾德小聲地說，
「成為看門人，也就是內部人員，我就溜進去，詳細掌握
了有什麼珍稀的原礦石，按照我的需求，開始一點點地偷
取原礦石，珍稀的偷，不那麼貴重的也拿了一些。」

「這個方法倒是不露痕跡。」南森點點頭，「你的需
求是什麼？」

「用增加壽命的原礦石當魔藥配方，還有增加隱身
能力，藏住自己的魔性，有關這些效用的配方我也很需
要。」

「所以不用顯形粉，怎麼也不能識別你出來。」南森
冷笑着說，「既然你算是內部人了，我想你就可以一點點
地偷走原礦石當魔藥，不用一次拿走一大塊，那樣就會被
發現的。」

「是，我每次就拿走一點點，進出實驗室都利用魔法
縮身術，從實驗室的大門和地面間的縫隙鑽進鑽出，用魔
法打開鐵櫃子拿原礦石，這樣實驗室一直以為原礦石是學
生做實驗時被消耗掉了，我就一點點積攢了很多原礦石，
幾年來沒人發現。」

「你煉製魔藥了嗎？你不是一直在這裏嗎？我看你的
房間沒什麼煉製設備，即使有，我想你也不敢在學校裏煉
製吧？」迪克忽然問道。

「煉製了，在家裏煉製的，也服用了，每個月底我有幾天假，寒暑假也有假期，那時候學校派別的校工在這裏替代我幾天……」

「現在說說你為什麼殺害科夏普教授吧，你偷原礦石時進出實驗室使用了魔法，回到這個房間時應該也隱身回來，所以留下了痕跡，被科夏普教授發現了，你就殺了他。」南森說，「我說得沒錯吧。」

「是，科夏普戴着那副能發現巫師和魔怪的眼鏡，我知道這種眼鏡。他從化學系實驗室一直跟到大門口，嘴裏還唸唸有詞的，說是地板上怎麼有魔怪痕跡。當時我就在房間，我嚇壞了。」艾德慢吞吞地說，「我知道他就是一個業餘的魔法愛好者，開始根本就不在意他，但是他弄來那副眼鏡，還發現了我的痕跡，我知道他在跟蹤那些痕跡，因為我那段日子確實潛入實驗室偷原礦石了，我也知道他不一定馬上明白他的發現事關重大。他跟蹤到門口就不跟蹤了，因為他不會想到那些痕跡就是我留下的，我也不知道他發現了幾次痕跡，但他早晚會說出去，那樣我就危險了，所以就想着殺了他……」

艾德把他具體殺害科夏普的事全都說了出來。那天晚上，科夏普教授很晚還在辦公室，快十點的時候，艾德去了他的辦公室，變化成一根教鞭，先洩憤似的把科夏普頂

了起來，摔下科夏普後利用自己變化成的教鞭頭部扎進了科夏普的心臟，殺死了他。隨後回到房間，剛坐下就看到兩個學生，就是赫伯特和伊恩跑進大門，這兩個學生看到了剛才科夏普被頂起，不過艾德暗自高興，還好行兇的時候變成了一根教鞭，回到房間才顯出原形，所以不會有人知道是自己殺害了科夏普，即便有魔法師來，兩個學生看到的也就是教鞭支撐着受害者，魔法師也查不出什麼。

等到南森來的那天，艾德知道遇到了大麻煩，他沒想到南森會被請來，他是知道南森和魔幻偵探所的，但是他也不敢跑，否則魔法偵探一來他就跑，一下就暴露了。他故意説在科夏普教授窗外看到綠光，想把魔法偵探的視線引開，但是也不大成功。後來，南森他們開始去調查化學系實驗室，艾德還看見海倫戴着科夏普那副眼鏡進去，而且他們出門的時候説的話——找西瑞爾拿出入庫紀錄，更令艾德驚恐萬分，南森他們去了實驗室他就猜到大事不好，此時他明白南森的意圖，也知道危險離自己越來越近了，他要阻止調查的進行。南森他們走了沒多久，他就用燃燒瓶去燒毀了實驗室，他知道費奇還在裏面，又怕費奇看到自己投燃燒瓶，所以先用燃燒瓶封住了門口，實驗室被燒毀，費奇也被燒死。這些燃燒瓶和裏面的汽油是他早就準備好並放在牀下的，他早有構想，他偷竊的那些珍稀

129

和普通的原礦石，其實都在牀下上着鎖的箱子裏，四周包圍着自製的燃燒瓶。幾年來的偷竊，各種原礦石積累了不少，如果出事逃走，他實在拿不了這麽多，一旦有事，他不能帶走，但也不能留下成為偷竊的證據，所以他會點燃燒瓶燒毀那些原礦石。這也就是他剛才幾乎可以逃走卻跑回房間裏去開箱子的原因，他當時想把最為需要、最為珍貴的原礦石帶走，這是他這幾年來的「心血」，丟下這些原礦石逃走，他覺得即便跑掉也沒什麽意義。

「本傑明。」南森靜靜地聽完艾德的最後描述，看了看本傑明，「你剛才説為什麽艾德變化成你，這個原因也想知道吧？」

「當然，當然。」本傑明連忙説。

「他變成教鞭支撐起科夏普，是因為他先看到教鞭。今天他變成灌木，是因為他看到了灌木。變成你，是因為他看着你，然後模仿你而作出變化。

他是看到什麼變成什麼。」南森緩緩地説，「對比變化術——那些變化水準不太高的巫師、魔怪使用的變化術，就像畫畫一樣，對着具體的景物變化，沒有景物，他們就不能變化。」

「啊，是這樣。」本傑明恍然大悟，「當時要是派恩攻擊他，他就變成派恩這個笨蛋了。」

「我是天下第一超級無敵魔幻小神探，我再説一遍，我是……」派恩激動地説。

「知道了。」本傑明擺擺手，他看着艾德，「你變成教鞭，不僅僅能把科夏普支撐起來，然後摔下洩憤，你還能利用教鞭的的頭部殺人，教鞭頭部本來是個平的，沒什麼危害性，但是在你手裏就變成的利器，因為你的魔力大。」

艾德沒説話，只是點了點頭。

迪克叫來三個魔法師，他們一起押走了艾德，艾德將由魔法師聯合會進行審判。

尾聲

幾天後的一個下午，魔幻偵探所裏，海倫在廚房裏忙了半天，她做了一些布丁，等待着冷卻下來後拿給大家吃。

海倫出了廚房，客廳裏居然一個人都沒有，她聽到實驗室裏有聲音傳出來，推門走了進去。

「哈，真是少見呀，本傑明，你這兩天好像一直在跟博士做實驗。」海倫大聲地説，她看到保羅也在實驗室裏。

「當然了，否則你又説我了，我也要了解一下博士有什麼新發明呢。」本傑明搖頭晃腦地説。

「海倫，本傑明剛才和博士説了一道題，博士正在想答案呢，你來猜猜看。」保羅搖着尾巴説，「請問下午三點的時候，哪裏的法國人最多？」

「是呀，你知道嗎？」南森看着海倫問道。

「法國呀，下午三點的時候法國的法國人最多。」海倫很是不屑地説，「本傑明這種題，哎，我早就知道，本傑明，不好好做實驗，在這裏搗亂對嗎？」

「哈，果然是。」南森一臉興奮，「我還沒想出答案呢……」

「海倫，你看過答案。」本傑明叫了起來。

「一會過來吃布丁，我做了很多，就快涼下來了。」海倫懶得和本傑明計較，轉身出了實驗室。

海倫來到客廳，忽然聽到廚房裏有動靜。

「派恩——又在偷吃——我說了冷下來再吃，第幾次了？」海倫說着向廚房跑去。

拉開廚房門，只見本傑明拿着叉子，把一塊布丁往嘴裏送，看到海倫，還傻傻地笑着。

「你……派恩，別裝了，本傑明在實驗室呢。」海倫搖着頭，「博士——看呀，派恩又偷吃我的布丁，我都說了他三次了——本傑明，他還變成你的樣子——」

「哇——哇——笨蛋派恩，損害我的好名聲——」本傑明喊着就衝出了實驗室，來到廚房。南森也跟了出來。

「我、我是怕你說呀。」派恩笑着望着海倫，隨後變回自己的模樣。

「哇——派恩，不學好，和那個巫師學着變我——」本傑明走過來就去抓派恩，「你怎麼不變成保羅的樣子——」

「下回我變成保羅的樣子吃布丁。」派恩邊跑邊說，

還繞到南森身後，躲避着本傑明。

「笨，真是笨，變成我？我又不吃布丁……」保羅跟着說。

南森和海倫看着打鬧的本傑明和派恩，都笑了起來。

　　麥克警長，蘇格蘭場（倫敦警察廳）高級督察，南森和警方的聯絡人，也是一名大偵探，屢破奇案。當然，他所偵辦的都是人類世界中的案件。一起來看看他偵辦過的案件，運用你的推理能力，想一想他是如何破案的呢？

不在現場

　　里特森神情緊張地看着四周，街上人不多，看上去沒什麼異常，他稍稍放鬆了些。里特森要去倫敦火車站，馬上就要到了。他走在街上，十二月份的倫敦天氣寒冷，還有風吹過，他把衣領都豎了起來，抵擋風寒。

　　很快，里特森來到了倫敦火車站，他走了進去，在售票處，他買了一張去格拉斯哥的火車票，火車是下午三點的，還有二十分鐘就開車了，他迫不及待地來到了月台，火車還沒有來。

　　「里特森先生嗎？」麥克警長身穿便衣，帶着兩個同

樣穿着便衣的警察突然站在了里特森的身後，「你這是要去哪裏呀？」

「啊？」里特森當即就愣住了，他提着的小旅行箱差點掉在地上。

「是去躲風頭吧？」麥克警長説道，「請跟我們去警察局吧，我們懷疑你和三天前發生在龐德街的一宗珠寶店搶劫案有關，儘管劫匪蒙着臉，但是有證據顯示你就是劫匪。」

「怎麼可能呢？我昨天才回到倫敦的，一星期前我去了阿根廷的布宜諾斯艾利斯，我是去談生意的。你看，我有證據，這是我臨走前和生意伙伴的合照……」

里特森説着從手機裏調出一張照片，這是一張在公園裏的照片，背景是幾棵樹，里特森和一個男子穿着厚厚的羽絨服，站在一起，都笑着。

「你看看，這是我的生意伙伴萊奧，他可以為我作證，你看看，布宜諾斯艾利斯和我們這裏一樣冷，我們照完相就去了咖啡館……」

「這張照片，不能説明什麼，也不知道你哪裏來的照片，也看不出這是哪裏。」麥克警長笑了笑，

「不過你剛才的話……你在説謊，前幾天你根本就沒有去過布宜諾斯艾利斯。」

　　麥克警長拆穿了里特森的謊言，里特森果然在説謊，他就是珠寶店搶劫案的劫匪。

　　　請問：麥克警長為什麼說里特森在說謊？

魔幻偵探所 41
真假本傑明

作　　　者：關景峰
繪　　　圖：陳焯嘉
責任編輯：葉楚溶
美術設計：李成宇
出　　　版：新雅文化事業有限公司
　　　　　　香港英皇道499號北角工業大廈18樓
　　　　　　電話：（852）2138 7998
　　　　　　傳真：（852）2597 4003
　　　　　　網址：http://www.sunya.com.hk
　　　　　　電郵：marketing@sunya.com.hk
發　　　行：香港聯合書刊物流有限公司
　　　　　　香港新界大埔汀麗路36號中華商務印刷大廈3字樓
　　　　　　電話：（852）2150 2100
　　　　　　傳真：（852）2407 3062
　　　　　　電郵：info@suplogistics.com.hk
印　　　刷：中華商務彩色印刷有限公司
　　　　　　香港新界大埔汀麗路36號
版　　　次：二〇一九年十一月初版

ISBN：978-962-08-7393-5

一宗宗離奇的跨時空罪案，
等待你一起來破解！

凱文
分析大師

張琳
攻擊大師

西恩
防衛大師

最新第 4 冊《古堡迷影》即將出版
精彩內容預告

　　除了穿越能力極強的人，其他穿越者如果要穿越到較遠的時代，當中存在很多困難和風險，所以會把穿越分成兩段或者三段，並在中途設立中繼站。

　　一天，設立在十一世紀圖林根的中繼站發生了傷人事件，中繼站負責人科爾登被飛鏢所傷。在科爾登昏迷前，他只說了一句話，表示城堡裏有「魔鬼」！

　　為什麼科爾登會去了城堡？城堡裏發生了什麼事？科爾登口中的「魔鬼」到底是誰？時空調查科將穿越到十一世紀的圖林根，把這些謎題一一解開……

魔幻偵探所